身邊的老子

贞尧仔 著

海峡出版发行集团 | 海峡文艺出版社

图书在版编目(CIP)数据

身边的老子/贞尧仔著. —福州:海峡文艺出版社，
2025.2(2025.3重印)
ISBN 978-7-5550-3858-0

Ⅰ.I267

中国国家版本馆 CIP 数据核字第 2025F4S931 号

身边的老子

贞尧仔　著
出　版　人　林　滨
责任编辑　刘含章
出版发行　海峡文艺出版社
经　　销　福建新华发行(集团)有限责任公司
社　　址　福州市东水路 76 号 14 层
发 行 部　0591－87536797
印　　刷　福州力人彩印有限公司
厂　　址　福州市晋安区新店镇健康村西庄 580 号 9 栋
开　　本　889 毫米×1194 毫米　1/32
字　　数　190 千字
印　　张　13.625
版　　次　2025 年 2 月第 1 版
印　　次　2025 年 3 月第 2 次印刷
书　　号　ISBN 978-7-5550-3858-0
定　　价　67.00 元

如发现印装质量问题,请寄承印厂调换

心如鵬飛翥
倚草未之正
視物、瑩感
恩事、人之就
聚了能量得
了氣象所
行皆自然人生
大福即耳聰
眼亮人真心
善照明
甲辰十月書身先行金句
并作先手圖於福州 柯少巖

甲辰歲京國南調研歸來讀身先仔身邊的老子試作一圖並錄全句曰高舉低伶潮起潮落律動寂靜心自然舒張於丹樓門燈下柯少巌

序

许　可

　　把经典著作通俗化、大众化、时代化，需要学养和胆气。《身边的老子》把老子的《道德经》以及其他道家思想通过演绎阐释，赋予时代精神，实现了创造性转化、创新性发展，是一部难得的大众哲学著作。

　　老子的哲学是中国哲学的重要源头，影响了中国两千多年历史，渗透在我们日常的生产生活中，教会我们如何看待世界的本原，如何思考。其核心思想除了"道"和"无为而治"等，就是辩证思想，即矛盾对立统一的思想，强调事物是相互联系、相互依存、相互转化的。我们日用而不觉、耳熟能详的成语，如"大方无隅""慎终如始""福祸相依"等就蕴含着朴素辩证法。那么本书作者是如何阐释这一思想的呢？在第二章，作者说道："美与丑、善与恶、有与无、难与易、长与短、高与下、音与声、前与后，是第三方观者主观比较而产生，是观者主见意向而存在，有比较就有差序。"比如"前与后"，只要调个方向，就转换了。看似一对矛盾，但在一定条件下可以互相转化。这也是相对主义在哲学上强调矛盾和普遍联系，认为事物之间相互影响、相互作用、相互制约，反对从片面或孤立的观点看问题。在第四十章，作者再次阐释老子"反者，道之动"的观点，提出"关键是要有'反'的思维，知'反'、尊'反'、守'反'、用'反'，在运动变化的世界中，多往相反的方向想问题、做决策。正当好时，想到坏处；时运不济，祈盼时来运转。来回平衡，心将安处，也总能安处"。在这里作者不再是概念的简单演化，而是提高到如何创新思维的问题，即反向思维，让思维向对立面方向发展，从问题的相反方向深入地进行探索。思维决定出路、思维决定方法、思维决定效果。当我们遇到困境和难题时，怎么摆脱、怎么解决，如何在"山重水复疑无路"时，做到"柳暗花明又一村"，这本书给了我们重要启示。

在函谷关写下五千言，老子骑青牛出关而去，留下千古之谜。后世研究《道德经》的书，汗牛充栋，浩如烟海。今人可以通过文学典籍了解古人，古人却无法想象今日之世界。老子哲学揭示自然与人类的关系，提出"道法自然""上善若水"等观点，具有普遍意义。但是，毕竟时序变迁，时代变化，今天生活的场景、社会的文明、科技的发达，是古人无法想象的。如何让古老的哲学焕发活力，用老子的思想解释身边的现象，用老子的智慧解决当下的问题，在这方面，作者可谓别出心裁，用心良苦。

在第七章，作者说道："人当法自然。人之为人，当谦虚低调，多敬业尽功，功著大地，广种福田……人不负天，天岂能负人？""现实中，墙头草甚是应景，顺风飘荡，摇摇晃晃，抛头露脸，好是风光……而脚下少土，根底浅薄，随风即转向，根基常动摇，经不起雨打日曝，终不能久。"这是对不良社会现象的批判，对人性丑恶的揭示，对功利浮躁风气的讽刺。在第二十章，作者写道："许多人自造光环，行装派头，穿金戴银，高腔高调，光耀自炫，光鲜亮丽，而唯独自己目无强光，脸无亮色，昏昏昧昧。""实际上，舞台再大，都有偃旗息鼓的时刻，都有闭幕的时候。落幕了，何去何从，还得靠自己。"作者呼唤回归本真，保持初心，顺应自然，对那些刻意包装自己，装腔作势，忽悠别人，拉虎皮做大旗，失去本性、失去自我、失去人格的行为进行贬斥。在舞台上，王侯将相演得再好也成不了王侯将相，终归只是演员，而有些人演多了，演久了，回不去了，真的把自己当作王侯将相，发号施令，趾高气扬，盛气凌人。如今社会，有些人真的会演、会装、会巧饰、会运作、会折腾，到头来只是弄巧成拙，搬起石头砸自己的脚，适得其反。

正应了《红楼梦》中那句"机关算尽太聪明，反误了卿卿性命"。作者认为："大道至简、至静。人简单，事简约，根静生，花静开，好果顺天道，不必凑热闹。"这就是老子思想的活化、现代化，顺事而为、量力而行，活得自然、活得通透、活得明白。

人各有思想，但境界各有不同。境界的高低与人的学识、修为、阅历、性格有关。作者有丰富的经历、渊博的知识、高远的视野、坦荡的胸襟。字里行间透出的是家国情怀、赤子情怀，是正能量、大格局、高境界。在第七十三章，作者写道："把人的活动空间放大，眼光放长远，在宇宙空间、历史长河来看一人一事，极其渺小。明白自己渺小的存在，一粒微尘不可能变成小星星，争又能如何？"作者以恢宏的宇宙观、历史观，告诫人们不要凡事必争，锱铢必较，巧取豪夺，不得善果。对社会的关注、对生命的关怀、对弱者的关切，体现作者的善心、善意、善为。在第七十四章，作者写道："对惜生者，当惜之、成之。对生不如死者，当爱之、帮之，尽一切可能让其善生，特别是执于一念者，一根筋，想不开，当想方设法入其心，以思想作梯，以慈爱赋能，引其上路，向远方，走出困境，福报一生。"我被这段话感动了，这是怎样的一种悲悯之心！当今社会节奏快、压力大、戾气重，性格偏执者多，又缺乏有效引导和社会关切，最终铤而走险，走上不归路。既危害社会，又害了自身性命，实为惨痛。如能在事情萌芽之时，想方设法入其心，施以援手，让其走出绝境，就可避免悲剧的发生。作者褒什么、贬什么、扬什么、抑什么，倡导什么、反对什么，代表着作者的立场观点、价值取向和思想境界，书中可以看出作者崇尚那些脚踏实地、保持本色，为民请命、为民造福的人。"天地不言，四时行焉，万物生焉。人还是保持本色、本分好，实实在在好。谷文昌保持革命者本色，与群众同战斗，抗风沙，战盐碱，广植树……用非凡的事迹和精神，铸就了一座不朽的丰碑……谷文昌精神不朽，如千千万万棵木麻黄，深深根植于东山的沃土中，生生不息"（二章），"老道的警卫安保人员'不欲盈'，低调、低调、再低调，从来不自满，从不自大"（十五章），这里赞赏的是那些低调从事、勤勉尽责，不显山露水，关键时刻方显英雄本色的人。"现在网络空间，虚假广告满天飞，有的产品吹上了天，什么好词都用上，其实不然，'美言不信'……一些所谓的专家，好像啥都懂，啥都会，这边开讲，那边布施，似乎有治世'锦囊'，实际并非如此，'博者不知'"（八十一章），这里批判的是那些华而不实，弄虚作假，掩耳盗铃，瞒天过海之辈。凡此种种，书中各有涉及，且观点鲜明，批判精神跃然纸上。

我与作者相识不长，相见恨晚，感其为人至诚，光明磊落，行事果敢，世事洞明，人情练达，且文心相通，志趣相投，"三观"相合。近年来，他利用工作之余，潜心创作，厚积薄发，多有精品力作问世。《身边的老子》是作者对人生经验的深刻总结，对人生问题的深邃思考，对人生哲学的深切体悟，博古通今，内涵丰富，信息量大，富于联想联系，见解独到独特，是一本劝世、醒世、警世的佳作。我粗略翻读，来不及深思熟虑、深耕细作，仅及皮毛，未及精髓，读者诸君，手捧此书，定似与古人相接、与智者相通，相谈甚欢，收益颇丰。书中精彩、精到、精妙之语甚多，定能使人深受启发、启迪、启悟。

感谢贞尧仔先生信任，嘱我为序，勉为其难，且当抛砖引玉，粗陋不当之处，敬请包涵。

是为序。

2024 年冬日于远山堂

目　　录

一章

山在，水在

花在，草在

你在，我在

自然又自在

声在，音在

形在，影在

动在，静在

风吹有天籁

说你不在

在也不在

无畏在与不在

心有桃花源

无处不在

心有桃花源
风吹有天籁
无处不在

天地万物，无处无时不在。万物在，自然自在，道就在，无时不在。而道，无法时时言说，处处说清。就像"风吹有天籁"，自然风过处，会有美妙的声音，如松涛、海浪、风铃，让人身心愉悦，然而，风从何处来，风的聚散集合，风的柔细强劲，遇不同的物，同一物不同时间吹拂，发出的音律，是说不清、道不明的，难以用言语描绘。人们都会感受到，纯粹的风，风过留声，声如天籁，很是受用。这或许就是道，就是规律。纯粹的风，干净的声音，清静的心境，"心有桃花源"，可以悟道、得道、享受天籁，无处不在。

风气火光，无形；花草树木，有形。世界就是有和无。混沌未开之际，是为无；万物并

道可道也非恒道也名可名也

非恒名也无名萬物之始也

有名萬物之母也故恒无

欲也以觀其眇恒又欲也

以觀其所徼两者同出异名

同謂玄之又玄衆眇之門

丁酉十月为员先生作身边的老子作帛书 杜少巌

作而生，是为有。无生有，空气阳光，滋养有形之花草树木生长；有也可变无，有形之花草树木可以发光发热生香，风过起声，有无相生。因此，常从"无"中观察领悟天下之道的奥秘，打开从无到有的密码；常从"有"中观察领悟天下之道的端倪，看清有之所在的道道。"故常无欲，以观其妙；常有欲，以观其徼"。刨根问底，有无同源，无有相长，有即无，无即有，无生有，有化无，常无常有，无常有常，以平等心待有无，这是天地万物一切奥妙的总门，"玄之又玄，众妙之门"。《吕氏春秋·古乐》里有这样的传说：黄帝命令臣子伶伦制定乐律，伶伦来到昆仑山，听到凤凰的鸣叫——凤叫了六声，凰叫了六声。于是，伶伦模仿凤凰鸣叫，用竹子做了十二根律管，这十二根长短不一的竹管依次发出的声音，就是十二律：黄钟、大吕、太簇、夹钟、姑洗、中吕、蕤宾、林钟、夷则、南吕、无射、应钟。凤凰有形，鸣叫无形，律管有形，十二律无形。伶伦听声制管生律，有形察无形，变有形生无形，让人们都可以享用，成"万年永享"。十二律则成为中国音乐千百年来的基础和规则。无形成大道，大道无形、大道至简、大道为公，这是众妙之门。

《礼记·乐记》中说："德者，性之端也；乐者，德之华也；金石丝竹，乐之器也。"就是说，道德是人性的制高点，音乐是道德之花，金石丝竹是音乐的工具。因此，孔子说，"兴于诗，立于礼，成于乐"，人的修养开始于文学，矗立于礼，成就于乐。荀子说，"乐合同，礼别异"，他认为人通过音乐这种共同欣赏的艺术形式，找到人们的共同点，播散更多的爱和情，从而达到"和"的境地。白居易《好听琴》诗曰："本性好丝桐，尘机闻即空。一声来耳里，万事离心中。"这是古人闻乐知空、听琴悟道的场景。现实中，通过音乐营造景色、培养情趣、安适心灵、和谐社会更为普遍。大道之声，天籁之音，修性，养德，成人，音乐相伴人生，生活美好无处不在，因而追随者众，音乐无国界，众乐乐，实现人类共同价值。

生而有，死而无，漫漫人生路，有无无有

是常态，就如听音乐，时而高潮，时而喜悦，时而低吟，时而静思，有空灵，有绕梁，有嘈嘈切切，一曲《二泉映月》，奏不尽人生无和有，唱不尽心间泉中月。乐由心生，有无心定，心若不在，在也不在，心有桃花源，无处不在。会意就好。

因此，老子说："道可道，非常道；名可名，非常名。"比如说，你知道了某人的"尊姓大名"，那这个姓名就不是恒久的，人相对具体了，是具体的他或她，不是一般人的概念。你不认识某人，叫不出其"尊姓大名"，那就不是具体的，何时生何时死，生活如何，都不具体，只是一般人的概念，是恒久的。换言之，"道可道，非常道；名可名，非常名"提供了一种整体和个体辩证转化的方法论。以生活中情绪为例，当心中情绪升起以冲冠，如果能给这个情绪命名，比如说是"愤怒"，知道自己已"愤怒"，就会发现可以观察、管理这个情绪。情绪具体化之后，强度也下降了。如果陷在情绪中，不具体化，说不出，道不明，比如说"郁闷"，就会处在不可言说的痛楚之中，而且是长期的。

能够说的、能讲清楚的，都好办。

在，不在
不在，也在
有声音，无烦心
少出声，多劳神
吸呼，呼吸
平息平息

二章

　　红花、绿叶，绿叶、红花。有绿叶，花更红，更灿烂。因红花，绿也更翠，更青碧。这是对观者而言，有比较、有参照，就特别显眼。其实，就它们本身来说，红花就是红花，绿叶就是绿叶。花淡花艳、花开花谢，无非一现。翠绿、碧绿，长青、慢落，不过是叶，无非一片。凡物如是。高楼大厦、草屋茅舍，世人看似有高低、有贵贱，因为有人的主见准心，有比较。对物来说，高楼大厦还是高楼大厦，不因草屋茅舍而升高；草屋茅舍还是草屋茅舍，不因高楼大厦而降低，本来什么高度还是什么高度，本来什么样就是什么样。队列纵向行进，首位为前，末位是后，时势变，向后转，前进，前为后，后变前，而人还是那些人，还是在队中，张三还是张三，李四还是李四。动车往返两站间，车尾车头互换，头车变尾车，尾车成头车，车还是那个车。

美与丑、善与恶、有与无、难与易、长与短、高与下、音与声、前与后，是第三方观者主观比较而产生，是观者主见意向而存在，有比较就有差序。存在是客观的，差序是相对的，随观者认知水平、评判标准而变化。《后汉书·马廖传》："传曰：'吴王好剑客，百姓多创瘢；楚王好细腰，宫中多饿死。'"如吴王、楚王等观者，芸芸众生，喜好千差万别，何必随风而动，受其左右，甚至受伤害。只有自己才是自己，自己本来如此，保持朴的状态，始终"抱朴子"，才能活得自在自然。树高千尺，有高的风范；小草依依，具弱弱柔美。无论如何，树变不了草，草成不了树，树就是树，草就是草。保持本色、本真、本性，是天道。蛇穿上马甲，成不了乌龟；乌龟卸了甲，也变不了蛇。丑小鸭怎么打扮都成不了金凤凰。何物何性，观者自明，都不必去装。如遇到观者如赵高之流指鹿为马，颠倒黑白，那就随他去吧，自己是鹿就是鹿，是马就是马，不必计较，自寻去处。社会繁杂，观者各异，有时候需要"无为"的态度处理世事和对待自己，跳出自己自我观照，就会看清本来，明白了有与无、美与丑、善与恶、聪明与愚蠢，坦坦荡荡走向未来。

有智慧的人，应该顺应自然、尊重自然，该是什么样就是什么样，"行不言之教"，长出来是花就是花，无须粉饰，不因是花而沾沾自喜。生出来是绿叶就是绿叶，不用调色，不因青绿而暗淡无光。不粉饰，不调色，保持本色，也就难以褪色。

现实中，常有玩笑话，说吹牛不用付费。有的人干了一点活，就会放气球，吹得天花乱坠，一时繁花似锦，好像可羽化升天，而一经风雨，球破气泄，满地鸡毛，掉失了人格，费用大矣。有的人，个人英雄主义，贪天下之功，有好处都往自己身上揽，虚荣一身，不堪重负，腰折腿软摔倒嘴啃泥，名誉扫地。有的人，善于包装营销，摇头晃脑，满嘴跑火车，似乎左右逢源、上下通吃，可是人见人怕，让人不屑，何苦跑断腿、削尖脑袋？无就是无，有就是有，无病呻吟，无中生有，猪鼻子插葱装大象，那是极愚蠢的。人有多少斤两，不用瞎折腾。上蹿下跳，欲增加重量，等秤杆稳了、平了，十两就是一斤，八两就是八两，上不了斤。

天地不言，四时行焉，万物生焉。人还是保持本色、本分好，实实在在好。谷文昌保持革命者本色，与群众同战斗，抗风沙，战盐碱，广植树，十四个年头如一日，硬把东山这个荒沙岛变成美丽生态岛，用非凡的事迹和精神，铸就了一座不朽的丰碑。东山人民感其德，"先祭谷公，后拜祖宗"。谷文昌精神不朽，如千千万万棵木麻黄，深深根植于东山的沃土中，生生不息。

这应验老子所说的："生而不有，为而不恃，功成而弗居。夫唯弗居，是以不去。"

未见长城　也想做个好汉

桃李不言　下自成蹊

三章

俗话说，"柴米油盐酱醋茶""琴棋书画诗酒茶"。无论是"开门七件事"，还是高堂雅事，茶都不可或缺，是俗，还是雅，都需要。从现实来说，平常过生活，用的量更多，且不需要多少讲究，粗茶淡饭就行，合适就好。绝大部分过生活的人，不需要顶礼膜拜何茶何韵何味，闻香则过，不在乎桂花香、糯米香、桂圆香、药香，讲什么这香那香，就是根据自己生活习惯，选合适的茶，解渴化食提神就好，一壶茶一饮而尽，图个痛快。哪有讲究什么色香味，什么唇齿留香，什么喉舌生津啊？生活就像一壶茶，是本真的、平凡的，水多茶少淡也行，茶多水少浓也罢，浓淡总相宜，高冲低斟小杯品，热腾腾慢慢饮，大碗茶仰脖子下肚，就如此简单、平常。一日三餐无非一饱，作而食，食而作，日复一日，如此而已。不过，少数雅士大夫，煮茶论道，品茗助琴棋书画情趣，增添诗情画意，无妨谈茶经、论茶道、言茶韵、议茶事、话茶香，谈天说地，进而斗茶、拜茶，起号茶寿树王，但这也只能在书房、棋室、庭堂而已，不能推而广之，让天下人都来品茶论道。若如此，靡靡之风日甚，欲欲念念日起，于人于茶，皆无益，甚至贻害不浅。

近些年，炒作茶，你方唱罢我登场，为逐利和投机，疯狂鼓吹"山头茶""特效茶""礼品茶"。时而炒作普洱，似乎能治百病；时而炒作绿茶，好像品了清香飘飘欲仙；时而炒作岩茶，喝了如同与玉女同逍遥；时而炒作龙井，端一杯似乎东施会变西施。炒炒炒，不停息，炒了黑茶炒白茶，炒了老茶炒新茶，新茶炒了再炒老茶，又能当药，啥病都能治，又能做金融产品，可保值增值。如此这般，"贵难得之货"，追奇玩巧，过度包装，糊弄造假，囤货抬价，一泡几克重的茶，卖几百元甚至几千元，一片

（饼）茶一辆豪车，贵胜金，令人咋舌。这根本违背了茶叶是用来喝的本质。实际上，炒来炒去，只有极少部分"大玩家"得利，却炒坏了社会风气，误导供需方向，扰乱市场正常秩序，破坏了生产规律，一阵风生水起，长期沉沦不作，受损的是广大茶农和消费者。

一方水土养一方人。茶也如是，这是客观条件所决定的，不以人的意志为转移。一方地种一方茶，一方人宜一方茶。不同地，不同茶，不同味。地异，制作工艺各异，形色味皆异。千万人千万种口味，而有一个共同的又是核心的，就是茶的生态，茶的最好品质就是自然生态，喝了使人健康。陆羽《茶经》中说："茶者，南方之嘉木也。""茶之为用，味至寒，为饮最宜精行俭德之人。"茶道、茶德、茶精神，应该围绕"精行俭德"展开，尊重自然、顺应自然、和谐自然，让人与茶和谐共生，"不尚贤""不贵难得之货""不见可欲"，不标榜，不过度推崇，不显耀，不使人起心动念、争逐巧诈，茶成为"嘉木"而非奇货，让茶合人、人合茶，人与茶都回归自然本性，自然而然地生，自由自在地活，天人合一，怡然自得，过上美好生活。

生活百态，茶就是茶，同"柴米油盐酱醋"为伍也好，和"琴棋书画诗酒"为伴也罢，茶总归是用来喝的，最宜精行俭德之人。

精行俭德，就是专一践行自律品德，行事按照道德规范，立德遵循道德精神，让老百姓既"实其腹""强其骨"，吃得饱，身体好，又"虚其心""弱其志"，心思简单，不刻意固执，从而"使民不争""使民不为盗""使民心不乱"，达到理想愿景："为无为，则无不治。"

自然而然

日复一日

心如太阳

身似嘉木

地球照着转

四章

老子说："道冲，而用之或不盈。"

道如光，光像道。"和其光，同其尘"，含蓄光耀，混同尘垢，无处不在。

光，我们日用而不觉，每天相伴着生活和工作，日复一日，周而复始，沐光、生光、亮光、追随着光。早沐着晨曦，迎着朝霞，满心希望。当午向太阳，阳光灿烂，信心满满，激情光芒万丈。近黄昏，霞光无限，摘落夕阳，托起星光。更深夜静，星光点点，灯火不息，灯塔指引航向。"吾不知谁之子，象帝之先。"光常在，而不知道从哪里产生的，似乎在天帝出现之前就有了。光与生命孰先孰后呢？现实中，似乎没有多少人感触光的实在，在乎光的存在，审视光在哪里，追问了多少光年。但它

道衝而用之有弗盈也
淵呵佁萬物之宗銼其兌
解其紛和其光同其塵湛
呵佁或存吾不知其誰
之子象帝之先

為身先住身邊的
老子寫帛書

廣漢 柯

实实在在存在，时时刻刻存在，不管你在乎不在乎，摸得着摸不着，问不问前世今生，白天黑夜都相伴左右、不离不弃。

许慎在《说文解字》中说"光"："从火在人上，光明意也。"火在人上，头顶一团火，额前挂着灯，光明永远存在。

从物理学意义上说，光具波、粒二象性，人的视觉能感知的电磁波，似乎都看得见，但也有看不见的，如红外线、紫外线等，如老子所说，"湛兮，似或存"，是那样深沉，像是若有若无地存在着，似山脉水中影，似朝日喷薄欲出。

看得见也罢，看不见也好，人总是离不开光。白昼，阳光赋能，日出而作，劳作储能，焕发出生命之光；黑夜，天灯启明，心灯长明，生命之火不熄。生命在，光在；光在，生命在。人如此，万物也一样。"渊兮，似万物之宗"，如渊之深，好像是万物的宗主。世界漆黑一片，生命将暗淡无光，万物从何而生？万物离不开光，而又是熟视无睹，视而不见，好像不存在，但又缺它不可。相伴无光，阴阴冷冷，不能心花怒放，精彩不在。

时间是光，寸金难买寸光阴，得之不觉，失之不再来，时光如箭，嘀嘀嗒嗒，分分秒秒，时时刻刻，全是新起点。

生活是光，赤橙黄绿青蓝紫，阴晴圆缺，黎明黄昏，雨影虹彩，炉火灯台，多姿多彩，有趣味，有品位。

生命是光，少壮绽放青春之光，老当益壮夕阳无限风光，走大道一生阳光，花开四季如日月星光，连绵景观。

精神是光，希望是光，智慧是光，自生光，自带光芒，容光焕发，意气风发，为岗位添彩，为国增光，荣耀荣光。

光，"挫其锐，解其纷"，不露锋芒，无须纷扰，无形无象，却蕴藏着无限的创造因子，其作用无穷无尽。我们看不见植物光合作用，而它却不停地新陈代谢，为大地储蓄新能量，助力万物生长、再生长，处处焕发生命之光。

天无道，地无光。循大道，一路阳光。

古人云："朝闻道，夕死可矣！"

朝霞灿烂

道通苍穹

夕阳气象

五章

　　小时候，时常蹲在灶头，看母亲生火烧柴煮饭。母亲嘻呼嘻呼拉着风柜（风箱），灶火欢呼跳跃。

　　问母亲，火为什么会欢呼跳跃，越烧越旺。

　　母亲答说，风箱风吹的。

　　风箱空空的，看不见有风啊？

　　母亲答说，拉动风箱风就来，不信试试看。

　　随即亲自动手拉起风箱，嘻呼——嘻呼——嘻呼——嘻呼——

　　果真，风生，火旺，锅沸腾，炊烟起。

　　但是，少小不知所以然，手直抓着头发。

　　长大了，慢慢懂得，风箱，来源于皮囊。皮囊空空，充满空气，压缩皮囊，挤出空气，生成了风。

天地自然存在，遵循自然规律运行。天地与万物，万物与人，人与草木，自由自在存在，守虚静，放空自己。就像老子所说："天地之间，其犹橐籥乎？虚而不屈，动而愈出。"风箱空空，一旦拉动，风阵阵，气不息。

小时候，看到的风箱有圆柱、长方柱形状。风箱中间有个活塞，活塞周边固定着鸡鸭绒毛，以减少与箱体的摩擦，活塞连着手柄。风箱前后两端各有一个气窗，气窗装在风箱内侧，悬挂式的。风箱的出风口在箱体中部，内有一个叶片，竖装，可左右开启。风箱两头有风道通向出风孔。

往前拉动手柄，后气窗进气，前气窗关闭，风从风箱内侧前头风道通向出风口，推出风口叶片关闭后端通风道，出风；往后推手柄，前气窗进气，后气窗关闭，风从风箱内侧后头风道通向出风口，叶片关闭前端通风道，出风。前后推拉手柄，都可生风。

现在，风箱基本不用，被电风扇、鼓风机等现代机电设备所替代。而替代品，不管如何改头换面、更新换代，但道理基本一样，风扇代替风箱，就如风箱取代橐籥一般。电风扇，防护网盖着几个叶片，空空如也，无须散热通气。而一旦需要，通上电，清风徐徐。如果天天用电风扇，就可能凉风入侵，又耗电费能，影响磁场，不利健康。

风箱风扇如此，人也该如是，"多言数穷，不如守中"。

还是守住虚静好，因为虚静有无穷的可能。

"天地不仁，以万物为刍狗；圣人不仁，以百姓为刍狗。"

   无须偏爱

   梅花弄雪

   荷花映阳

   万物生发

   各有自己的季节

六章

　　山谷，相邻两山脊之间低凹而狭长的地方，中间常有流溪。谷，呈低洼效应，包罗万象，珍奇瑰异藏其间，有的谷深莫测，神秘之气、神奇之象奥妙无比、异乎寻常，似乎神明、神灵显圣。谷深常生回响，声大回声大，音美回音美，曲调高亢悠扬，音律回旋飘荡，总之，念念必有回响，远山呼唤，天谷回响，人颂天，天歌人，无穷尽，不止息。

　　古人说，求有道之士，则于山谷之中。道，或许隐于山谷，让人去追寻、去领悟、去遵循，从而得道，如谷之神奇、谷之博大精深。

　　常言虚怀若谷，多指做人心胸宽，境界高，气度大，善包容，好布道。

　　心若谷，谷深则神通广大、神力无边，生

命力无限，心有天地，胸怀天下，大事必成。

比如说，硅谷，位于美国加利福尼亚北部的大都会区旧金山湾区南面圣塔克拉拉谷，是高科技企业云集的别称。硅谷最早是研究和生产以硅为基础的半导体芯片的地方，是电子工业和计算机业的王国，是世界高新技术创新和发展的开创者和中心。该地区风险投资占全美风险投资总额三分之一，计算机公司已发展到大约 1500 家，拥有谷歌、Facebook、惠普、英特尔、苹果、思科、英伟达、甲骨文、特斯拉、雅虎等大公司，走出了大批科技富翁，潜能巨大，生生不息。硅谷，是先有"谷"，后聚求索硅之高人，"谷"藏高人，高人聚集满"谷"，"谷"自然成了高新技术的"王国"，"谷"就"神"了，并不断造"神"，自然被"封神"，享誉全球。

谷藏深则神。每一个民族都有自己的"神"，神大神小，无形看不见，由人按功能、神力来"封神"，如山神、海神、雷神、火神等。现在被称为"硅谷"，也是神乎其神，是一个地方之神，比如，深圳又称"中国硅谷"，中关村也称"北京硅谷"，印度也有印度的硅谷。称硅谷者，技术密集，生产力发达，潜力巨大，源源不断地创造财富，为人类谋幸福，硅谷成了"谷神"。

"谷神"既虚空，又实在，运化永不停息，"是谓玄牝"，像是化生万物的生殖器官，生机勃勃、创造无限。"玄牝之门，是谓天地根"，天地之根，"绵绵若存，用之不勤"，立天地，枝繁叶茂，永恒存在、连绵不绝，其作用无所不能、无穷无尽。

山高无声

泉水归空谷

却念念回响

绵绵不绝

滋养万物

七章

无人不知，天长地久。

人能长久乎？欲长久，天人合一，与天地同在，与万物为一。

天高地远，似乎遥不可及，其实不然。天地，常有自然之天地、大道之天地、生我养我之天地，乃具体之天地。

敬畏自然，尊重自然，顺应自然，和合自然。尊大道，顺大道，行大道。大道之行，天下为公。

生养之功，永世之恩。记恩情，颂恩情，报恩情，无论走多远，都不忘来时路，常怀感恩之心，立天地之功业，以报答养育之恩、栽培之恩、引领之恩。天，播洒阳光雨露，当敬之；地，承载万物，当拜之；君，指向光明，引领前行，当忠之；亲，血脉相连，情同手足，当爱之；师，传道、授业、解惑，当尊之。古人云，三人行，必有我师。十年修得同船渡，相聚相行不容易。若人人皆师同行者，皆尊相聚者，人人相师相尊，惜缘惜福，相处哪有纠结和矛盾，社会必将和谐。在和谐之中，不会有伤害，自然长长久久。

敬天、拜地、忠君、爱亲、尊师，"不自生，故能长生"。

敬、拜、忠、爱、尊，说具体的，就是把自身置之度外，先人后己，行谦谦之德，艮在坤之下，山隐大地之中，得大地滋养，地不崩，山不裂，与地同在，山连绵，脉依依，底气足，生力旺，永恒存在。不贪天之功，不与天争高，不图峰峰奇绝，就不会峰折崖断，将与天不老。

人当法自然。人之为人，当谦虚低调，多敬业尽功，功著大地，广种福田，人勤田良谷物丰盈，不断储蓄正能量，能量大，气场大，气象万千，事能不成乎？人不负天，天岂能负人？因此"非以其无私邪？故能成其私"。

现实中，墙头草甚是应景，顺风飘荡，摇摇晃晃，抛头露脸，好是风光，招摇一时，显得比墙高，比树有样，比砖瓦多姿，而脚下少土，根底浅薄，随风即转向，根基常动摇，经不起雨打日曝，终不能久。

　　港湾

　　无须弄潮

　　安于流缓

　　静看风浪

　　谱波曲

　　弹潮音

　　听舟楫云帆

　　大合唱

八章

最善的人像水一样。

怎么一样呢？

滋润万物，从不与万物争功。愿意处在一般人不喜欢的低洼地。愿低就，不争功，自然无人找碴。

当然，做善人，并非就此而已。

善居，避高趋下，不嫌地之卑微，随遇而安。善心，空虚寂寞，人静静，思沉沉，想深深，胸襟坦坦。善与，利泽万物，以善心对善人，乐善好施，友爱无私，助可助之人。善言，真情诚意，言之凿凿，敢于出净言、做净友，度可度之人。善政，洗涤群秽，平准高下，能办事，办好事，做成事，每行一处，造福一方。善事，纯之又纯，匠心匠艺，尽己之能，精益求精，博采众长，周全各方，凝心聚力创佳品。善动，冬雪春水，不失节，站好位置，看清形势，把握时机，果断决绝，由合适的人，以合适的方式，做合适的事，和谐了事，恰到好处。

总之，善对天，善对地，善对万物，善对自己，按照自然科学作用力与反作用力原理，天也善之，地也善之，万物也善之，自己哪有不善？那何忧之有！

我们常看雨水，蒙蒙细雨，入地无声，滋润泥土；哗哗暴雨，落地生花，化成无形，顺势随流。或渗地，或下沟，或入渠，或成溪，或进江河，归向大海。不计较点点滴滴，不讲究何去何从，不与沟渠争大小，不同溪流争曲直，不和江河玩深浅，因此，欢快融入大海，循大道，永不枯竭。于点点滴滴之水如此，于渺渺小小之人也如此。不争，"处众人之所恶，故几于道"。

上善若水。水道，如人道。人道，善水道。以水之德行立世，以水之智慧行事，身段如水，不嫌"众人之所恶"，融入万物，无处不在，无时不存，永远活性自在，源头活水游天下。

生生是水

心如水

自鉴鉴人

唯有清澈

不问去处

安卧人之所恶

流言蜚语似飞镖

够不着低处

乐逍遥

九章

人们生活之中，舀一碗汤、一盆水，基本不盛满，似乎成了生活准则。若满满，行进不便，端动必溢，或烫手，或溅地，甚至倾覆，碗盆碎，一地鸡毛，令人扫兴。许许多多交通事故，都缘于超载、超速，不在规定的承载量、规定的速度内运行，欲多则损，欲速则不达。车有限量、限速，人之所拥有，也有定数，也有定量，不是无所不能、无所不为，不是什么都想要、都想得，若如此，承受不起。

车也好人也罢，承重、行速，都取决于其品质、秉性，与品质、秉性成正比。因此，我们说厚德载物，好德行、好品行，会承载更多的东西。但是，无论品质多好，德如何之厚，都有个尺寸，不可能是无限的量，因此承载量相应也有极限。超越极限，超负荷，终将担不起。硬撑着，磨破了肩，压垮了腰，折损了腿，赔了身体又不能行稳致远。品质、秉性如地基，建房盖厝地基不牢，难起高楼。非要装门面，越建越高越大，终将地塌楼垮，甚至人危，世间不知有多少此类血的教训。

似乎人人都明白，超极限，有害无益。像生活之常言，吃七分饱，健康喜乐，益处多多。说得容易，践行难，长期践行难上加难。当今之世，商品琳琅满目，吃的用的丰富多彩，可谓"金玉满堂"，实在诱人。因此，总有人不懂得节制，甚至放纵自己，猎奇好胜，吃香喝辣，吃饱了还要撑着，惹出不少毛病，如高脂血症、心血管疾病、消化系统疾病，等等，病如影随形，有的甚至因此一命呜呼，实为惨痛。

人有潜能，却不具超越性。天生之我，天生我之能量、我之气量，非无定量。这是天之道，是自然规律，必须遵循。人就一张嘴、一个胃、一副肠，不可能多加一二，可以随意张闭开合，可以随意撑大，活动量、容量是有限的，不能无限扩大。因此，饭一口一口吃，汤一勺一勺喝，吃到七分饱，满足人的生理需求，基本算"功成"，就应该果断离开餐桌，选择"身退"，留有余味，"贫而乐道"。不能乐不思蜀、"富贵而骄"，不能见什么好吃都想吃，见什么好处都想要，不能吃饱还撑着，当"七把叉"，一扫天下，最后只能是，坏了身，丧了志，一无所有，"自遗其咎"。

然而，世上总有人"持而盈之，不如其已"，无法控制自己，做不到适可而止，无意控量，管不住嘴，常超量，常生病。

无病一身轻，莫待病时再吃药。那何其苦啊！

范子携西子

泛舟西湖

自桨橹

龙井和酒煮

满船是福

春夏秋冬

成住坏空

十章

　　小时候，自己动手做弹弓，用于打麻雀。选取、砍截万年青树杈，成Y形，枝径大小约指头粗细。在两个开叉近末端，用小刀绕圈挖出线槽，线槽处分别系上两条牛皮筋，牛皮筋的另一端，穿扎在约两个指头宽三四厘米长的厚布条（一般是叠层缝制）上，弹弓就算制作完成。那时乡下麻雀多，或搭屋檐，或嬉戏树上，或穿梭于菜埕，或觅食于田间地头。弹弓随身带，弓弹约一节手指头大的小石子随地取，随时都可以举弓、瞄准、弹击，或在讨海途中，或在扒草坡间，或在上学路上。自己觉得弹弓做得不错、眼力不赖、弓法尚可、瞄得挺准，举弓十次百次，而击中却不到二三，收获甚微。每次都认为弹会随心所愿，能百步穿杨，弹无虚发，定有斩获，而大部分弹却不听使唤，偏离了目标，飞呀飞，飘呀飘，空中一瞬，惊走了麻雀。满弓期许，弹落地，眼空空。

或许，弹弓手工制作，土法炮制，不够科学精良吧。

那现代化的先进导弹呢？科学家精心研制，有导航系统、纠偏系统、监控系统，技术顶尖，性能绝对可靠。那导弹是否会按科学家设定的轨迹分毫不差地飞呢？运用中，大部分击中目标，有的也会偏离轨道，击中目标的也不是分毫不差，绝对按图飞行、定位。所得非所思，主观不能左右客观，这是现实，这是常态。

弓弹、导弹没有完全按人的意愿飞，缘于诸多客观条件。阳光啊，云影啊，气流啊，风向啊，还有许许多多偶然因素，都可能对飞行轨迹造成影响。"载营魄抱一，能无离乎？""涤除玄鉴，能无疵乎？"精神与形体、主观努力与客观实际，不可能完全一致，即便是心澄澈如明镜，也不可能完全无瑕疵，总有尘埃难拂拭，若隐若现，不可把控。

人在客观现实之中，免不了客观因素的影响，环境改变人，甚至创造人。人要生存，首先要适应客观环境。生存需要氧气，受大气压影响，不可能守静不呼吸吐纳。"专气致柔，能婴儿乎？"人结聚精以致柔和，都不可能像婴儿一样，纯洁无瑕。"明白四达，能无知乎？"心里要明明白白，凡事周全各方，能不动脑筋用心智吗？大道路中求，永远在路上，永远在寻求。

　　那该如何用心智呢？老子做出了回答："生之畜之，生而不有，为而不恃，长而不宰，是谓玄德。"人为天下贵，贵在有灵，而非驾凌、霸凌。追寻道德的喜马拉雅、思想的雪山天池，尊重万物，顺应万物，让万物生衍繁殖，生养万物而不据为己有，为万物尽心力而不自恃有功，作万物之长而不主宰它们，应该有这样的深邃灵妙德行。像长者、长官，总是拨云见日、修路铺桥，给机会，搭平台，让小辈、后生出头露脸、显示身手，去开辟新的世界，而从未担心被超越，以及在乎超越者的回望、回顾。

否则，就不可能是长者、长官。

弓弹、导弹总会有偏差，人之为人，人无完人，总在不断地修行、矫正、探索、完善之中，以追求美好人生。更何况"爱民治国，能无为乎"？国之大，民为本，爱民治国，能不作为吗？！

挣扎着

一丝一丝

破茧成蝶

梦想啥

蝴蝶之美丽吗

想不想

人们都知道蝶之来历

还有蝶恋花

十一章

　　一张工整的纸张，经过剪纸艺人的刻刀和剪刀，折叠，阳刻阴刻，横切竖剪，弯弓刀曲规割，剪剪划划，撇撇捺捺，剪去许许多多条块，掏出形形状状空隙，有弯弯曲曲，有圆圆圈圈，有线线块块，去空留实成百样图案，鱼虾鸟兽、山水人物、龙凤神仙、炊烟琴声、庙会庙堂，成了表现力丰富的民间艺术。一张平平实实的纸张，是"有"，有纸才能剪纸。剪掉纸留下的空隙，是"无"，"无"的作用，成了艺术品。书画艺术讲究留白，留白是"无"，留白恰到好处，书画上品。涂墨严严实实，那成了黑板；全不着墨，那还是一张白纸，全"有"或全"无"，非黑即白，二元对立，非诗情画意。

　　现实生活，应该是"有之以为利，无之以

为用"，如建造房屋开门窗，有了门窗空间的便利，才有房屋的作用。制作花瓶，有花瓶内的空虚，才可盛水插花，成就美丽。"有"能给人方便，比如，有了钱财，可以建房，可以购车，可以换新装，可以粉黛重彩、美容美姿，可以进行各种消费，出门有车马，居家有酒肉，拥有有形的东西多了，生活因此方便了。但是，"有"不等于生活过得美好，拥有幸福。世间多少豪门恩怨，多少乐极生悲，多少得马折足？"有"中之"无"，会发挥作用，更好的作用。拥有了一定财富，不再穷奢极欲，知止知足，着力构建精神家园，笃守精神上的宁静，生活更具品位。若明白钱财是身外之物，行头是表面的光彩，多行慈善之心，多做公益事业，对社会更具价值，更受敬重。财散气聚，精气神十足，思想纯粹了，生活会更有情趣，更有品位，更有幸福感。

留空白，守静笃，非无也，并非什么都没有，而是大有。懂得"无"，会拥有更多的"有"。水库蓄水不可过度，否则堤决坝毁。适时开闸放水，浇灌田园，滋润大地，供养万物生长，满目繁荣景象，创造无限可能，岂不快哉！

没有谱

而曲子起

让人心旷神怡

或高山流水

或在希望的田野

天籁之声

是有还是无

十二章

人们常说"秀色可餐"。生活需要多彩多味，美眼可欢心。但是，如果众多鲜艳妖娆之色齐聚眼前，难免看花眼，眼花缭乱，不知其可，"乱云飞渡"就不从容了。再说，艳色强光会伤眼，有损健康。山野上，颜色鲜艳的花，常有毒，愈艳愈毒。花枝招展，五颜六色，需谨慎，少近观，眨眨眼，闭闭目，养养神。

美妙的音乐，令人心旷神怡，高山流水遇知音，更是千古绝唱。江南"十番音乐"，常用于欢庆"福、禄、寿、喜"等场面，多种乐器协奏，热闹高亢，明快悠扬，令人如痴如醉，在坊间乡里很受欢迎。但是，如果没有檀板、木鱼指挥调度，锣、鼓、钹、狼杖、笙管齐鸣、乱奏，那非音乐，是噪音，声如雷，会令人心烦，甚至导致失聪。天籁之音，协奏之曲，才会养心宜人。

古人说，食色，性也。民以食为天。食，常追求色香味，日常饮食，更注重味，食之无味，生活无趣。本味本真，才是受用永远。现在上了年纪的老友故旧聚会，总是会说儿时的饭菜好吃、有味，常回味那时吃得香喷喷，嚼来有劲道，舌头都会吞下肚。是饭菜变了，还是人变了？少时物资匮乏，饭菜简简单单，而且常不够吃，一家多口吃一味，偶尔逢年过节"佳肴美味"，一味入心肺，令人常回味。酸味入肝，辛味入肺，苦味入心，甘味入脾，咸味入肾；肝喜酸，肺喜辛，心喜苦，脾喜甘，肾喜咸，一味应一脏，五味和五脏，身心精神满满。《素问·生气通天论》道："是故谨和五味，骨正筋柔，气血以流，腠理以密，如是则骨气以精，谨道如法，长有天命。"又云："味过于酸，肝气以津，脾气乃绝；味过于咸，大骨气劳，短肌，心气抑；味过于甘，心气喘满，色黑，肾气不衡；味过于苦，脾气不濡，胃气乃厚；味过于辛，筋脉沮弛，精神乃央。"五脏依赖五味，而味过厚，却伤五脏。如今物资丰富，饭菜品种多样，南口北味皆可选择，多了就乏味，过了则脏器失调，直至厌食，可谓"五味令人口爽"，太多厚厚的味道伤了味觉，影响了食欲，乃至健康。当代许多年轻人，生活条件优越了，可口美味吃多了，饮食不爱清淡，喜重口味，常吃烧烤熏辣炸，以刺激味蕾，长此以往，影响身体。高血脂、高血压、高血糖年轻化，就是例证。

趋乐避苦，是人性，谁都想自己生活过得好一些，这无可厚非。但不可追逐奢侈以至登峰造极，看到好的东西都想要，拼着命取用。一个好猎人，一定量力而行，择山而猎，甚至"守株待兔"，静待物临花开。而不是又要打兔子，又要射飞鸟，又要击豺狼，又要驱熊豹，大的想要，小的也想得，奇珍异宝更是挖空心思，天上的地下的欲装于一囊，心狂野，路茫茫，无穷尽，终回不了家。

人们常说，富贵如浮云。世间万物，皆过

眼云烟，见过就好，饱了眼福，算是良缘，十年修得一面见。再说，眼睛是用来看东西、观美景、欣赏世界美好的，它没有占取功能。万物你能看，大家也能看，看看而已。眼睛都容不下沙子，更容不了什么东西，如果见到的都想要，先伤眼伤身，再伤神伤心，那又何苦呢？五味八香、山珍海味，无非一饱，且只能七分饱，最有宜。吃饱撑着，贪心太过，有害健康。常说健康是"1"，其他都是"0"，身体垮了，那还有什么呢？因此，人生在世，应懂得取舍，不能追逐目之所及，为了感官刺激，声色犬马，放荡不羁，更须明白一饱为快、一饱为乐，日日快活乐悠悠，所以说"为腹不为目"。若腹中有诗书，多些笔墨，物质加精神，生活更美好。

美酒，爽

咖啡，爽

鱼，所欲

熊掌，亦所欲

口目好过瘾

那心肠像散了的桶

又何苦

十三章

　　小时候常看地方戏闽剧，最爱看首先出场的"三花跳"，丑角翻、滚、跳登台，甩袖、舞旗、挥鞭亮相，抛眉、翘鼻、噘嘴耍情，长声、怪调、假音开腔。丑角登台，总是博得满堂喝彩，掌声雷动，呼喊声惊叫声四起。"将相""公子""老爷"等主角正步出场，行装亮堂夺目，字正腔圆开唱，台下一般显得比较平静，偶尔对阵交锋、高歌猛进、斩妖除魔，也会赢得掌声。整台戏，通常丑角更受欢迎，赢得更多掌声。

　　丑角化妆五花涂抹，被糊弄得不像嘴脸，奇形怪状，行头粗布烂衫，有损自身形象。但是，丑角不在乎脸面被丑化，不因此影响摸爬滚打苦练身心。台上一分钟，台下十年功。之所以能博得赞誉，是因为修得真功，拳脚、说唱、短刀长剑无所不能，机警、顽皮、逗捧无所不会，"唱念做打"十八般武艺样样精通。主角光鲜亮丽，行头大，派头足，登场锣鼓齐鸣，"跑龙套"恭维呼喊。若主角自身没有控场的非凡功夫，行头再大，也赢不了观众的欢心，那就徒有其表，装装样子。被包装打扮，是好事，但关键要看自己真本事，凭自己看家本领，能"假戏真做"，演得像真的一样。

可见，"宠为下"，系身外物，应置宠辱于度外，否则，"得之若惊，失之若惊"，一惊一乍，影响身心。唯有神形棒棒，内涵丰盈，真本事、真功夫，才可走天涯，打天下，赢到最后。丑角被"丑化"，无行头，没派头，是为"辱"，但有自己的看家本领，演得有板有眼，照样受推崇。六小龄童被"丑化"演孙悟空，废寝忘食练就猴模猴样，金箍棒挥舞得出神入化，其名气不输"唐僧"。主角戴光环，行头大，派头足，是为"宠"。若以此自得，没本事，冠冕堂皇，就得不到认可，甚至被否定，徒有行装皮囊，那就是"辱"，比如骗得各种头衔的假专家。别人给"宠"也好，"辱"也罢，不过是行头，脱下行头，就靠自己的本领本事本性。

"何谓'贵大患若身'？"什么叫作把大患看得和自身生命一样珍重呢？"吾所以有大患者，为吾有身"，有大患，在于有身体。因此，无论何患，必须强身健体，锤炼身心，有病变没病，没病防病。世间事，多是正与反两面。得宠了，恐怕就是受辱的开始，无宠也无辱，要做掉入冰窟的准备；受辱了，卧薪尝胆，苦练内功，争取极地反弹。或宠或辱，都是别人给的，外在的，自己无法控制，难以选择，不能左右。人生是一个不断选择的过程。外在的，多无能为力。自己能把控、可选择的，就是自己的身心。遇宠辱，当转化为自己能做的修内功、强身心，让宠辱激起生命的张力，激发精气神，彰显实力、魅力。

人生如戏，摆脱不了宠和辱。谁都想演主角，谁都想得宠，但世事无常，往往身不由己。演主角不喜，扮配角不卑，管它配角或主角，不在乎得宠或受辱，只有练好真功夫，把生命融入角色，将角色作为生命的延伸，"戏比天大"，从而忘了身外纷纷扰扰，不把自我带入场景，而真正成了"剧中人"，做了第一人称的"代言体"，就一定能演好戏，演大戏，以享誉天下。

演戏如此，世事皆如此。对所遇的人、所干的事，当作自己的新生，那一定是善心善待，不负托付，创造出非凡业绩，赢得赞誉。所以说，"贵以身为天下，若可寄天下；爱以身为天下，若可托天下"。贵身当贵天地万物，爱身当爱天下百姓，从而不自我，做功有我，功成不必在我，直至无我，赋能山水之间，哪有什么不可以托付?! 就像好演员，练就真功夫，角色至上，珍惜艺术生命，有了忘我情怀，比如说不惜个人体态、险情不用替身，等等，把真我放进角色，用真情塑造角色，以真心成全角色，因此好戏连台。好戏连台，自然能承接、胜任连台好戏，以演绎天下。

珍爱角色，演好角色，受观众广泛赞誉，

无论主角还是配角，都可以得金鸡奖，奖赏一样，荣誉一样，无区别，不分档次。

淡看人间三千事，闲来轻笑两三声。宠辱若惊，修身立命，贵身以贵物，寄情山水万物，山无患，水无忧，何来大患！

红杏出墙

关乎褒贬

根藤才是命

将相出征

在乎胜败

青山是江山

十四章

"迎之不见其首，随之不见其后。"迎着它，看不见它的前头；跟着它，看不见它的后面。前后都难以看见，此为何物？

先哲提出的阴阳、孔子的"仁"、朱子的"理"，以及儒家的中庸之道，王阳明的"良知"，佛家"无上正觉"，谁能看到它的前头还是后面？答案是明白的，"视之不见"，"听之不闻"，"搏之不得"，看不见，听不到，摸不着，但是，"不可致诘，故混而为一"，无从追究，不需要考证，它实实在在是一个东西，确确实实存在，就是"道"。

其实，我们身边常有"无状之状，无物之象"，没有形状的形状，不见物体的形象。比如说，智慧之人常运用的中庸之道，是长度尺寸的对折吗？是对错之间各挨五十大板吗？是善恶之间取中间值吗？可以说，不是严格的分毫不差的等分。"不偏之谓中，不易之谓庸。"既是不偏不倚，又是恒常不变，凡事中正适度，恰到好处，保持平衡，各方满意。中庸之道，它不是度量观念，没有统一的数学模型和数字标准，不是一成不变的尺和秤，而是为人处事的基本方法原则和道德实践原则，具体人、具体事、具体问题，需要具体分析、具体掂量，采取具体的方法，以礼制、德行的标准来衡量，总的是提倡贵和、尚和，崇尚在和谐状态下解决一切人和事，出于动态平衡、稳定，是形而上的。比如，人性善恶之间是分不出斤两的，需要用智慧去判断；与人相处也没有绝对标准，需要理智应对；解决各种复杂的社会矛盾，需要具体问题具体分析，找出应时应势之道，没有一成不变的律令。

中庸之道，"致中和，天地位焉，万物育焉"。人之灵，诸如思想、情怀、精气神、道德、智慧，无形无象，无处不在，其最高境界，就是以"中"的状态，做出"和"的行为，让天地各归其位，生育万物。比如说，先进先辈之理想，为人类谋幸福，为劳苦大众求解放，为了人民美好生活，为之不懈追求。比如说，生态文明思想，为了人与自然和谐共生，天人合一，万物竞自由。比如说底线思维，常怀忧患意识，以不存为存，以不安为安，敬畏易，识得变，应变求变，不惧世局风云变幻，化危为安，以安天下。凡此种种，皆是为公之大道。

是道，是规律，是真理，皆可用。古之道，今可尊之、循之，思接千载，以利后世。

老子说："执古之道，以御今之有。"就是说，根据、把握至古之道，支配、驾驭当今的具体事物。

中华优秀传统文化、人类非物质文化遗产"二十四节气"，是上古农耕文明的产物，是先民立杆测影，观察天体运行，根据地球绕太阳公转的轨道（黄道）位置变化，每运动十五度所到达的一定位置，将黄道等比例分成二十四份，形成了二十四节气，是认知一岁中时候、气候、物候等方面变化的规律。古人观天象，归纳出季节变化的规律。北斗七星，很早就成了指示季节的星空标志，如《鹖冠子·环流》中写道："斗柄东指，天下皆春；斗柄南指，天下皆夏；斗柄西指，天下皆秋；斗柄北指，天下皆冬。"

"二十四节气"准确地反映自然节律变化，在人们日常生活中发挥了极为重要的作用。

"二十四节气"首位冬至，太阳直射南回归线，日影最长、白昼最短，阴至极，阳始生，大地回暖，物应天时接地气，梅花冒雪吐新意。冬至阳生，富有人文内涵，是民间重要传统节日"冬节"，常说"冬至大如年"。冬至后开始"数九"，每九天为一个"九"，在"三九"前后，地面积蓄能量最少，天气最冷，所以说"冷在三九"。"九九"后，春已回大地，因此"九九艳阳天"。"天时人事日相催，冬至阳生春又来。"阳生，春到，福到，人们敬天、拜地、祈福，常有祭祖、宴饮、吃饺子、吃汤圆等习俗。

夏至，太阳北行的极致，太阳直射北回归线，立杆无影，白昼最长，北京这天日长约十五小时，漠河可达十七小时以上，民谚说"吃过夏至面，一天短一线"。夏至，气温高，湿度大，常有雷阵雨，"夏雨隔田坎"，唐刘禹锡诗曰："东边日出西边雨，道是无晴却有晴。"江淮一带进入"梅雨"季节。此后夏日炎炎，天热万物生发，一候鹿角解，二候蝉始鸣，三候半夏生。先人知天明事，一方面，懂得"夏种不让晌"，不敢延误播种时节；另一方面，知道同处一天地，谷长草也生，体会了"夏至不除根边草，如同养下毒蛇咬"。更重要的是，总结了依天而生的道理，比如，"冬吃饺子夏吃面""夏至心静自然凉，晚睡早起午休躺。暑伤津气炎热防，切忌饮食过寒凉。神清气和胸宽畅，户外防晒讲着装"等。

立春为岁首，乃万物起始，一切更生之义。"东风带雨逐西风，大地阳和暖气生。"一候东风解冻，二候蛰虫始振，三候鱼陟负冰，人间生机勃发。"一二三四五六七，万木生芽是今日。"新一轮轮回开始，寓意吉祥，常说一年之计在于春。人们感知到，立春一日，百草回芽；

吃了立春饭，一天暖一天。因此就有"打春牛"，将泥塑春牛打碎，提醒农人春已到，应不违农时，及时播种。观察到"百草回芽，百病引发"，因此安排拜祖祭神、祈岁纳福、除旧布新、驱邪禳灾等活动，演春，迎春，祈愿五谷丰登，国泰民安。丰富生活情趣，需要"咬春"，吃新鲜蔬菜，既为健康尝生鲜，又有迎接新春之意。唐《四时宝镜》就有记载："立春，食芦、春饼、生菜，号'菜盘'。"人们生产生活实践，从认识自然、遵循自然规律中展开，因此"春风得意"。

俗话说："立了秋，把扇丢。"一候凉风至，二候白露生，三候寒蝉鸣，人间凉意渐生。立秋，秋季开始，阳气渐收，阴气渐长，由阳盛逐渐转向阴盛，万物从茂盛成长趋向萧索成熟。《历书》记载立秋："阴意出地始杀万物，按秋训示，谷熟也。"如《管子》所说："秋者阴气始下，故万物收。"因此，立秋民间祭祀土地神，庆祝丰收。立秋处在小暑、大暑、处暑之间，天还热，有利农作物生长。天热，农作物生长旺盛，对水分要求迫切，需求量大。先民根据劳作经验，用鲜活的话语，描述出天地万物之间相生之道，比如，"立秋三场雨，秕稻变成米""立秋雨淋淋，遍地是黄金""七月秋样样收，六月秋样样丢""立秋有雨样样收，立秋无雨人人忧""立秋无雨是空秋，万物历来一半收"等等。

《首都志》记载："立秋前一日，食西瓜，谓之啃秋。""啃秋瓜"，就是在入秋这天吃西瓜，以防秋燥。《素问·四气调神大论》指出："夫四时阴阳者，万物之根本也。所以圣人春夏养阳，秋冬养阴，以从其根，故与万物浮沉于生长之门，逆其根则伐其本，坏其真矣。"此乃古人对四时调摄之"根"、之宗旨，告诫人们，顺应四时，养生要知道春生夏长秋收冬藏的自然规律。

还有立夏、立冬、春分、秋分，合称所谓"八节"。

"四时八节"，是先民认识自然、效法自然、顺应自然、利用自然的概括，它科学揭示了天文气候变化的规律，将天文、农事、物候和民俗巧妙地结合，衍生了大量与之相关的岁时节令文化，是中华优秀传统文化的重要组成部分。人们在乎不在乎，感知不感知，运用不运用，季节之变，无时不在进行，无处不在呈现，而且总是春夏秋冬有规律地运行，让人们不得不顺着它生产生活，顺天道而行。"能知古始，是谓道纪。"认识了自然，认知了自然之规律，掌握了天道，就会依道而变，顺道而生，循道而进，春生夏长，秋收冬藏，春夏养阳，秋冬养阴，生产就更加快乐有效，生活就更加有趣美好。若不懂道，或懂道而背道行，比如行为反季节，冬暴露，夏紧裹，自然惹出许许多多毛病，因此无趣。无趣人生不值得过。所以，古人感叹："朝闻道，夕可死矣！"

太阳底下没有新鲜事

春夏秋冬依旧

世事无常

不迷惑

唯道是从

茫茫然跟着旋转

眼见就瞬间

张家长李家短

李家短张家长

追根溯源

家在大中华

十五章

"古之善为士者，微妙玄通，深不可识。"

古有之，今也不乏其人。

现实中，常看到警卫安保人员，聚则如钢，牢不可破，攻之难克；散则如水，渗透入地，蒸发上天，无形无影，其中的微妙、深奥，其中的精神、信仰，其中的磨炼、精进，非一般人所能了解、所能到达，只好高山仰止。

每举一步，如冬天赤脚过冰河，既要忍住刺心的寒冻，又要担心害怕融化了薄冰，谨慎又谨慎，一步深一步浅，平履慢行，探知再探知，掂量再掂量，"豫兮，若冬涉川"，神态像生性多疑的兽"豫"。

就位，即进入战斗状态，脚立地，身挺拔，站如松，胸膛可当盾，双臂可作枪，眼观六路，耳听八方，"犹兮，若畏四邻"，时刻提防周围的袭击，明枪暗箭围攻。

伴随被保卫者左右，如影随形，亦步亦趋，若即若离，少言寡语，毕恭毕敬，不敢超越主客之道，逾越雷池半步，"俨兮，其若客"，恭敬严肃，像个宾客。

遭遇紧急，动作敏捷，行动洒脱，分分秒秒化成无形，迅速隐蔽，消失于人群之中，"涣兮，若冰之将释"，如冰消融，散于四野，看不见，摸不着，抓不到。

便衣素身入街巷坊间乡野，随众顺境，憨憨的、纯纯的、实实的，"敦兮，其若朴"，敦厚朴实，像个老农民，像个老居民，像个老工匠，本真本性，不雕琢，不化妆，不改形神，木木朴朴根植于大地。人若朴，不显山，不露水，安之若素。人若朴，融于山水，仁山，乐水，居高望远，顺水推舟，"旷兮，其若谷"，旷远豁达，像深山幽谷。因此，拓宽视野，开阔胸襟，储蓄能量，期待更大作为，争取更大胜利。

深入敌后，乔装打扮，顺势而为，顺时而

变，"混兮，其若浊"，浑浑厚厚，入乡随俗，同流合"浊"，浊而隐蔽，浊而保存，浊而寻战机，浊而待时变。

"孰能浊以止？静之徐清；孰能安以久？动之徐生。"像老道的警卫安保人员，就能让浑浊安静下来，遭遇动乱局面，立即行动，马上掌控，凭自身智慧、技能，让局面恢复平静。当陷入危机，走入死胡同，局面死水一潭，能化危为机，变被动为主动，跳出死地怪圈，创造生机。

老道的警卫安保人员"不欲盈"，低调、低调、再低调，从来不自满，从不自大，也因此，"蔽而新成"，事过了就得重新开始，保持新气象，创造新局面，确保安定又稳定。

时光日复一日

重复的都不是昨天

走路一步一步

迈开的都不是走过的路

多少事　从头来

洒脱开启　新如敞

十六章

　　愚之父亲，纯粹农民，不识字，生活在偏僻的小渔村，不知外面的天有多大，唯唯坚守的信仰就是养家糊口，把孩子养大，祈盼孩子有出息，今后也能干活做事，出工有力。他笃定的信念就是诚实劳动，靠一个锄头一个锄头、一个扁担一个扁担获得劳动果实，一肩一肩扛起家庭责任，一步一个脚印走出自己的路。一心一意干活再干活，日复一日劳作再劳作，没有什么想法，也无从想起，不知道怎么想、想什么，可以说是死心塌地面朝黄土背朝天，专心致志修地球，养家人。唯此纯纯的想法，唯此一门心思，"致虚极，守静笃"，使心灵极度虚寂、极度宁静，不受外界任何干扰，风里来雨里去，上山下海，爬坡过坎，苦了累了自己消融，难题困惑自己化解，勤勤恳恳、一心一念至终生。

一心一念，可以说心灵虚寂达到极点，坚守清静到了顶点，达到了空无境界。凡事物极必反。"归根曰静，是谓复命。"亚里士多德说过："循环的圆是完美的运动，它的终点与起点合而为一。"万物纷繁复杂，枝枝叶叶，最终都得落叶归根，最后还是要回家，如老子所说："夫物芸芸，各复归其根。"根深埋大地，无声无息，看不见，好像无，是虚静，而静悄悄中又孕育新的生命，如竹根长期在地下默行，一破土日长三尺；像父亲埋头苦干养家糊口，培养子女长大成人，成就家业，创造新的生活。

"复命曰常，知常曰明。"孕育新生命是有规律的，如十月怀胎，一朝分娩。规律，是实践运化的结果，非凭主观意愿产生。长期劳作就会更深地认识世界，掌握生产生活规律，就会明白、懂得更多，从而创造出更多的手段、方法，去改造世界。不认识规律，没有方法招数，有的可能会走入死胡同，跳不出困地，看不到生机；有的可能会盲目乱干瞎干，甚至胡作非为，因此难免遇凶受损，正所谓"不知常，妄作，凶"。

老子说："知常容，容乃公，公乃王，王乃天，天乃道，道乃久，没身不殆。"这在父亲身上得到应验。父亲少小孤苦，贫穷的孩子早当家，从小摸爬滚打，认识天地自然，懂得四季变化，练就耕种、讨海等十八般武艺，体会了人世间辛酸苦辣，掌握了生存之道。己所不欲，勿施于人。自己苦够了，最好不让别人再受苦。父亲特具同情心，总想少给别人添麻烦，多给人家尽心力，即便自己穷，总热心帮助人，张家长李家短常为之操劳，农忙时节常作帮工，辛勤捕捞的鱼虾，常接济"五保户"等孤苦人家。父亲勤劳肯干，善包容，勤奉献，性耿直，一是一，二是二，不善言辞，不会变通，"固执"得让人称其"拗"。再怎么"拗"，不为一己之私，不损人，不利己，而是大公无私，自然得到公认，一次又一次被公推为生产队长。父亲按四时节令科学组织耕海牧渔，合理评定工分、分配耕种收获，有序安排社员生产生活，妥妥落实上级各项要求，走前头，做表率，受各方肯定，合天道人情。强劳力愿同父亲一起大干苦干，缺劳力也能得到合理照料，保障基本生活。父亲一"拗"到底，社员还一直不让他离开岗位，生产队长一干就是十余年光阴，有誉无辱，家业有成，"没身不殆"，享年九十三岁。

致虚、守静，实际上就是坚守本分，极尽所能，始终如一。一，看似无，不显山，不露水，一个方向，一条道路，一直使劲，默默直前，情至花开，一生二，二生三，三生万物，繁花似锦。做人为一，就是要守一、专一、精一，崇尚一生做精一行当，演戏塑造好角色，放卫星颗颗入轨，开高铁稳稳当当，种地把田耕丰，当园丁让花园锦绣，一举尽功、一举成功。一时花开烂漫，但是，若不慎终如始、从一而终，不持续浇水、施肥、呵护，春光将不在，景色将不存。人亏草木，草木负人，何况人事乎？

"万物并作，吾以观复。"

人们应当悟得，万物生长循环往复的道理。

"归根曰静，是谓复命。"

回家

回家

家在何处

在来的地方

保持来的状态

不会有伤害

十七章

古人云，一阴一阳谓之道。人们习惯，日出而作，日落而息，这是遵循阴阳之道，顺自然，法自然，自然而然，依节序，不动声色，脉脉而动，循环往复，如地球之公转自转。

静水流深。懂天道，顺天理人情而行者，往往是高人，不声不响，做了该做的事，用了该用的情，走了该走的路，到了该到的地方，过了该过的生活，沉浸、享受该拥有的世界。

近的就说身边的孝子，顺长辈之意，明长幼之理，冷热温暖之事融于日用不觉之中，从不叛逆而行，从不开口发呛，从不红脸瞪眼，难事苦事默默清除，烦事恼事不诉不语，多报喜说好话开心话，少挑刺不讲牢骚话，温温细细，行云流水，暖流润心，春风养颜，让皱纹生出笑意。长辈从不为之操心，也从不被刺痛，因而喜爱有加，当作"开心果""活宝贝"。因此，笑声满堂，幸福一家。

远的再看看扁鹊兄弟的故事。

魏文侯之问扁鹊："子昆弟三人其孰最善为医？"扁鹊曰："长兄最善，中兄次之，扁鹊最为下。"

魏文侯又曰："可得闻耶？"

扁鹊曰："长兄于病视神，未有形而除之，故名不出于家。中兄治病，其在毫毛，故名不出于闾。"

长兄"于病视神"，有一双神眼，能透视，会扫描，看问题入骨三分，如现代的磁共振成像、CT、胃肠镜等先进医疗装备，能发现病之表象、微形，像息肉即发即清除，治于病未发之时，病人疼痛不觉。治未病，"名不出于家"。扁鹊治已病，动筋骨，下猛药，救人一命，一命之恩，名声大大，传播广广。可见，名气大、名声响，不等于技强功高。发动于萌芽，整治于无形，因此未病无患，无苦无痛，此福田最大，福报最深，才是"最善为医"。现实中，领导者严管理、严教育、严约束，防生病；察秋毫于日常工作之中，随即纠偏校对，引领大家往正方向前进、朝正能量拓展，最后大家都受益、都成有用之才，都为社会做出贡献，而大家也不觉得是谁的功劳，也不会特别记得谁的功劳，将特别的感谢献给特别的领导。但大家心里都有数、心里都明白，庆幸遇到这样的好领导，庆幸在这个团队工作生活。所以，老子说："太上，不知有之。"最好的，人们不知道他的存在。

兵家大道，不战而屈人之兵。常胜将军，总是用兵如神，在谈笑间樯橹灰飞烟灭，官兵亲之誉之。春秋晏子贤圣，辅佐齐国三公，坚持"意莫高于爱民，行莫厚于乐民"，得民心得天下，因而齐国强盛。晏子机智敏捷，以一句"到了'狗国'，才走狗洞"，虽身短五尺，外国不敢辱之。晏子在，他国不敢犯齐。因此，齐民亲晏子，孔子誉晏子："不越樽俎之间，而折冲于千里之外。"

再来看看猎人与猎狗。猎人狩猎，翻山越岭，凭经验，寻踪迹，搜索目标。猎人总是不见兔子不撒鹰。发现猎物，选择有利地形，既可隐蔽，又能指挥把控战局，视时放出猎狗，让猎狗与猎物你死我活咬斗厮杀。猎人头脑机灵，目光敏捷，洞察秋毫，因势而变，用脑而非用力，不与猎物短兵相接，等待猎物被猎狗折腾得精疲力竭，乘势而上，趁机补枪进刀，一剑封喉，将猎物妥妥收入囊中。猎人出场，背着猎枪弓箭，腰挂长剑短刀，手握长矛，带着猎狗，架势大，行有风，静生威，令人生畏。猎狗见猎物，双眼冒火，似恶狼扑食，横冲直撞，龇牙咧嘴，马力全开，狂叫，乱咬，野性十足，欲一口吞灭。欲速而能达乎？猎物生于丛林，长于弱肉强食，哪能轻易被侵吞，必以毕生之力，以牙还牙，以狂野对狂野，朝猎狗猛撕死咬，尝尝肉腥味，使猎狗皮破血流，伤痕累累。欲猎物反被物所伤，此乃受侮被辱矣！

历史潮流滚滚向前，顺者昌，逆者亡。人

之为人，顺势而生，练就了直立行走之功，头处最顶上，而成万物之灵。动物之为动物，爬行而动，头脑与尾巴不相高低，离地近近，思维低低。现实中有人"躺平"，选择与动物为伍，自己不把自己当人看，这是历史的倒退，终将躺地爬行。可见，脑袋的高度决定灵魂的高度。

高尚的灵魂，是尊道而生。正确的行动，是顺道而行。尊道、顺道，而非背道、逆道，上不负天，下不负地，这是对天地之信，如常说的信仰、信念，是最大的诚信。若如此，谁能不信任。人人皆信任，因此"悠兮，其贵言"。那多么悠闲啊，何须多言。

春种一粒粟，秋收万颗子。春天，种子下田，静静地汲取大地的水分、营养，发芽、出土，沐浴阳光雨露，生长、开花、结果，正如老子所说："功成事遂，百姓皆谓'我自然'。"

敬天爱人

善来善往

哪人无心

何须多言

此心光明

亦复何言

悠哉，悠哉

十八章

俗话说，乱世出英雄。这符合社会供给需求结构平衡。社会乱了，民不聊生，百姓需要英雄人物出现，开出治理良方，整治乱象，引领社会有序运行，使之尽快安定稳定，共享美好生活。

问题是时代的声音。任何新事物的出现都是对实际生活中已经存在的需求的响应。乱世出英雄，这也是问题导向和目标导向的必然结果。有问题，必须解决。一般性问题，一般人解决。难题大问题，非一般人所能为，必须非凡人来操刀，来把握，来定乾坤。人性主流，人心所向，永远是正方向。社会健康发展是人人所期盼的，乱世英雄出世也是历史的必然。乱世问题浩繁如山如海，各方神仙各显神通，大浪淘沙，众星拱月走出英雄人物，让夜空灿烂，大地安稳。英雄从百姓中走来，与百姓同在历史洪流中摸爬滚打，凭自身的杰出才智脱颖而出，为百姓开启更亮丽的明天。

英雄出乱世，乱世出英雄。乱世不出英雄，社会将动荡不止；英雄不遇危、难、乱，无力挽狂澜之地，用功而不凸显，那也无所谓英雄。英雄与乱世相互依存，英雄有用武之地，乱世能得到拯救，环境向好转化，让社会处在动态平衡之中，达到和谐状态。现实语境下所说的英雄，是相对先进人物，敢想敢干，处乱不惊，逢山开路，遇水架桥，开创新业绩，敢教日月换新天，并非绝对的绝世豪杰。

世界充满了对立和统一，如阳与阴，正与邪，善与恶，忠与奸，安与危，是既对立，又统一，相互依存，如一个硬币的两面，有阴面，有阳面，才是一个完整的硬币，可用的硬币。社会纷繁复杂，对立无处不在。社会繁荣安定，必须妥善解决对立，以达到统一，构建和谐之境。解决对立，达到统一，像天平，一端轻了，另一端就往下沉，欲平衡，或需加码轻的一端；一端重了，另一端就往上翘，欲平衡，重的或需减持。什么缺，就要加强什么；什么过了，就要减弱什么，以逐渐恢复平衡。

因此，"大道废，有仁义；智慧出，有大伪。六亲不和，有孝慈；国家昏乱，有忠臣"。大道废了，必须提倡仁义以加持。魔高一尺，道高一丈；道高了，魔也高，如此循环追逐。巧智出，有虚伪；奸猾虚情假意多了，必需大智慧应对，大智慧治大伪。亲不和，家不睦，孝慈更显重要。国家混乱，强敌当前，可见忠臣杀敌治乱，尽显英雄本色。

世界是对立统一的，处世之道能不遵循对立统一吗？

泉涌

相忘于江湖

无心也逍遥

泉涸

相濡以沫

多少生命在心意

你情我愿

如泉

十九章

老子崇尚"见素抱朴，少私寡欲"。"素""朴"，与"婴儿""赤子"一样，是老子哲学的逻辑原点。没有染色的丝，未经雕琢的木，保持本真本色，纯纯的、实实的，原来什么质地就什么质地，原先何纹路就何纹路。与天地同生，与万物为一，不需要添色增彩，不需要追肥加料，该怎么长就怎么长，不显摆，不露相，不出风头，憨憨地生，独独地活，拥有自己的世界，保持原生态存在。

因此，老子提倡"绝圣弃智""绝仁弃义""绝巧弃利"，抛弃巧智，杜绝假仁假义，决绝耍奸使滑蝇营狗苟，这样，"民利百倍""民复孝慈""盗贼无有"，人民可以百倍得利，人可恢复孝慈的本性，使盗贼不复存在，世间安泰。老子的"三绝三弃"，是反对偏门的"圣智""仁义""巧利"，如同反对现实中庸俗的关系学，反对假礼教，反对市场化的以利相交。当然，反对归反对，这不足以作为治理社会的法则，更重要的是，要从思想上予以解决，令行有所适从，回归"素""朴"的逻辑原点，不忘初心善念。

记得小时候，母亲常常教诲，不要学"七奸八巧"，不要装虚情假意，不要要滑头谋非利，假话没经三日，投机取巧没骗三人，不义之财不能久藏。悟得此理，又何苦歪歪斜斜，何必动鸡肠小肚呢？因此，不要学乱七八糟的歪门邪道，"绝学无忧"。

环顾现实生活，多看到，朴素为人，老实做事，真诚真心，本真本味，守一而致远，无私能成私，一路走到底，哪怕不见得辉煌，也走好快乐人生。也常常见得，一些活络的人，聪明绝顶，玩技巧，附权贵，重形式热乎，少真心实意，谋眼前之利，无所不用其极，谋得金玉满堂，甚至一时登峰造极可临绝顶，也往往中途夭折，人去财空，可悲至极。反观和珅之流，还是本真本性、诚心诚意、少私寡欲长长久久的好。

少私寡欲

没想啥事

啥事没有

目及皆风景

青草依依

山花烂漫

蚂蚁蝴蝶盯着看

一缕阳光也灿烂

路漫漫

幸福漫漫

二十章

社会生活是丰富多彩的，既有小桥流水，又有滚滚洪流，既有小资情调，又有大开大合，既有躲进小楼成一统，又有齐齐登台大展现，大活动、大场面层出不穷，如庙会、宴会、庆典、节日、祭祀等。许多人以此为平台，熙熙攘攘，穿梭往来，这个碰个杯，那个敬个酒，与张三搭个肩，与李四勾个背，热热乎乎，欢欢闹闹，享大餐，听大话，认大咖，见高人，看大世面，观千人千面，同歌共舞，沉浸于良宵美景之中，好不逍遥，正是"众人熙熙，如享太牢，如春登台"。

然而，独独有个别人，肃肃坐，静静看，来人打个招呼，去人目送以礼，不被盛大场面所感染，不随性奋情，"独泊兮，其未兆"，淡淡定定，不动不摇，不去张罗显耀自己。"如婴儿之未孩"，有时还混混沌沌，只会咧嘴含笑意，点点头，也不会发出笑声。"儡儡兮，若无所归"，表现出疲倦闲散的样子，啥都不在乎，好像无所牵挂，似乎没有归处，不知向何方，去找谁海侃神聊。

从这场面看，许多人都有丰富的资源、丰富的经验，都有很强的能力、很强的气场，而唯独自己弱弱卑卑的、畏畏缩缩的，似乎存在很多不足、很多缺失，正所谓"众人皆有余，而我独若遗"。

许多人自造光环，行装派头，穿金戴银，高腔高调，光耀自炫，光鲜亮丽，而唯独自己目无强光，脸无亮色，昏昏昧昧，如老子所说的"俗人昭昭，我独昏昏"。许多人都很精明，察言观色，懂得看人烧香，会黏人，见面熟，让人心欢，而唯独自己木木的、沉沉的、浑然不自觉，不晓得世俗势利，呈现出"俗人察察，我独闷闷"。

社会是个大舞台，常有大场面，大场面多

有大气氛。"澹兮，其若海；飂兮，若无止"，浪飞潮涌，舟竞鱼跃，气场宏阔，气象万千，像大海；热闹非凡，急风劲吹，好像有不散的筵席，欢愉永不止息。实际上，舞台再大，都有偃旗息鼓的时刻，都有闭幕的时候。落幕了，何去何从，还得靠自己。

在这样的场合，"众人皆有以，而我独顽似鄙"，好像人家都本领非凡，神通广大，如鱼得水，而唯独自己孤陋寡闻，笨拙无能，愚顽之态。为何？只是早看到了，也常常问，落幕了是个啥？台前饰英雄好汉，卸妆之后，是谁还是谁。"我愚人之心也哉！"台前幕后，都得是纯朴、真挚，愚心、愚钝，是愚人心肠啊！

"唯之与阿，相去几何？"应诺与呵斥，相差几多？"善之与恶，相去若何？"善良与罪恶，又相差几何？场面上的事，好多是假戏真演，真演假戏，一台戏穿越古今千年，一个人刻画喜怒哀乐，演戏看戏，台上台下，曲终人散，大家都明了，物去物返，恶有恶报，以善得善，福来福往。人生如戏，即便成长中有如戏的曲折情节，遭遇各色人等，也应当奉上诚诚的、纯纯的、实实的"愚人之心"，不忘初心根本，忘不得本心本味。

社会纷繁复杂，生态多样，田园多彩，山峰多姿，然而江海多浪，山路多弯，驾车不易，行船更难，桅杆易折，布帆易破，木舵易动荡。行万里路，过五湖四海，常有重重困扰。茫茫江湖，滔滔风浪，芸芸众生，或进或退，或善或恶，或聪明或愚钝，或声色或货利，都得面对，无从选择，无可挑剔，也挑剔不了。但是，"人之所畏，不可不畏"，人们所惧怕的，不能不惧怕；人们所敬畏的，不能不敬畏。世间万象，"荒兮，其未央哉"，自古以来就是如此，反反复复，吉吉凶凶，不确定性不会停息。小心驶得万年船。以敬畏之心意，以纯朴之本真，不随风而动，甘守淡泊，愿处宁静，不用昭昭，不必察察，"我独异于人"，不怕与世人所不同，超然物外，"贵食母"，最可贵的是得"道"。

大道至简、至静。人简单，事简约，根静生，花静开，好果顺天道，不必凑热闹。

从光明到暗室

一片漆黑

从暗室向光明

两眼恍惚

定定睛

守住心

常忆食母乳长大

多点天真

变也不变

二十一章

　　小时候，听到渔业队的收音机播出声音，有人讲话，有人唱歌，只听声，不见人。好奇地问大人，发声的人在哪里？大人笑答，小小人，藏在里面。想探个虚实，盯着收音机，左看右看，前看后看，上看下看，看不出有人在。又问，里面人怎么吃饭睡觉？答，不用吃饭睡觉。再问，怎么出来？戏答曰，像蚊子、苍蝇那样，从缝隙飞出来。问了许许多多问题，但百思不得其解，一直挠着头皮。直到上中学，懂得电磁有关原理，才明白其中奥妙，也为自己少小无知偷笑。

　　当今，数字技术，男女老少日用而不觉。动动手指，敲敲键盘，美图、美文、美腔、美调，飞跃时空，在千里之外、星球之际皆可呈现，在有"信号"的任何地方通视频，听声音，看容颜，赏美景。"信号"看不见，摸不着，行无影，去无踪，一方发图文，真真切切呈现在另一方面前。"信号"是什么？"道之为物，惟恍惟惚"，道这东西，不清楚，不清楚，恍恍惚惚，没有清楚的固定实体。而"其中有象"，它是能看得见能感知的形象，比如，电子屏幕看到梅兰竹菊，看到青山碧水海浪沙滩；"其中有物"，它是有血有肉的实物，比如，屏幕看到活生生的人和动物，看到航空器在飞、动车在奔跑。"窈兮冥兮，其中有精"，深深奥奥，昏昏暗暗，云里雾里，而其中蕴含着最微小的东西，具有不灭之精气；"其精甚真，其中有信"，这精气最真实，不失不灭，1是1，0是0，发什么，收到什么，是可以信验的，除非被干扰。

实际上，这"信号"是什么呢？就是"精气""0"和"1"。图文声像等信息，借助一定的设备，转化为电子计算机能识别的二进制数字"0"和"1"，并进行运算、加工、存储、传播、还原，此技术，即当今所谓的数字技术。

数字技术，我们老祖先早就发明、运用。《易经》中所说的阴爻"--"、阳爻"—"，就是两种基本变化形态。爻，交也。阴阳交织、阴阳之变，微微变化，大大变局。把三爻重叠起来，构成八卦，三阳叠起来，为乾卦☰；三阴叠起，即为坤卦☷。八卦再重叠，构成六十四卦。每卦均有六爻，六十四卦有卦象、卦名、卦辞、爻辞，卦辞是解释全卦的含义，爻辞是解释每一爻的含义。可见，八八六十四卦，其义深广，其易无穷。

《易经》八卦，是一种通过阴阳变化的方式寻求宇宙之道的图像符号系统。其中基本符号，古说阴和阳，今说二进制。"1""0"二进制，开启数字技术，以"信号"搭载万事万物，反映世间变化，表现古老的阴阳之道，正是"自古及今，其名不去，以阅众甫"。认识万物，循阴阳之道，自"1""0"始。

"吾何以知众甫之状哉？以此。"怎么知道万物开始的状况呢？是从"道"来认识的。阴阳之道，乃大道。"1""0"之间，至精至微，而反映至博至大，像整个地球、宇宙都可以数字化，用"1""0"来表达、来揭示。

所以说，"孔德之容，惟道是从"。大"德"的内容、形象，是由"道"决定的。非道莫从，更不可背道而驰。

没有人看到神明

而举头三尺有神明

人可以选择善恶

而善恶终有报

因此

选择做好自己

唯道是从

二十二章

在海边生活的人们，常常看到台风登陆的场景。风呼呼刮，雨急急下，海浪狂狂打，海沙速速飞，防护林波波起伏、翻滚，似绿浪。能经此狂虐的防护林，唯存马尾松和万年青。它们凭着柔软的枝叶，任骤风劲吹，而顺势摇摆，可谓"曲则全，枉则直"，柔曲了能保全，频频屈弯而瞬瞬又直，摇来摆去，弓了又直，弓而蓄势，弓中藏直。否则，可能就会枝干断、连根拔起，也就林将不林，更何能护堤守岸？台风过，老枝黄叶一扫而光，去"敝"而亮"新"，满树青绿，展现出新的生机。岸边沙包被扫荡吹平，而低洼地水盈盈，映照风云，隐约见风景。

突然遭遇狂风暴雨，有经验的渔民马上精

简行装，抛舍劳作所获，先扔大，再扔小，鱼呀虾呀，直至渔具渔网，甚至赤膊，躬身贴地爬行，这样会更好地保全生命。而愚者，不仅自身的东西舍不得丢弃，还去拾别人所弃之物，甚至多多益善，最后付出代价，被物役，人没了。这不就应验了"少则得，多则惑"吗？

智者、愚者之别，在于能不能认识自然，遵循自然之道。

自然法则是最大的法则。善行者，"抱一为天下式"，善于认识自然，掌握自然之道，遵循自然法则，把握整体，总是从一生、一家、一国、一世界来看自己、考虑问题，以此为范式，比如说，放在历史长河、宇宙星空中观照自己，那就"毋意、毋必、毋固、毋我"，以此修心修行，行事天涯。

人世间，台风时常有，不时会遭遇。而遭遇不遭灾、不受害，就要靠人自己。何不学学马尾松、万年青，"不自见"，不自我显现，不争得独秀于林，而是成片存在，木木之间相依相存；"不自是""不自伐""不自矜"，每一棵树不自以为是，不自我摆功，不自以为高大，不争高低、粗细、大小，连成片、成林，就会整整存在，齐齐生长，显出方方矩阵。"夫唯不争，故天下莫能与之争。"满山森林，台风又奈何？

树与树不争高下，不是棵棵树自己不争气、不争阳光，而是每棵遵循自然，林林木木顺势而长，风来柔软，雨露垂垂喜欢，卷卷迎着太阳，盘根错节，向上再向上。因此"古之所谓'曲则全'者，岂虚言哉？诚全而归之"。

大家大家

何必分家

更不相煎

放财货

左口袋右口袋

都在一衣

争而撕破衣裳

二十三章

在海边生活，经历过无数次台风，不管多少等级，哪怕十二级以上，都未见过疾风从早狂吹到晚，暴雨整天倾泻个不停，一般是狂风阵阵，暴雨时下时停、时急时缓，都不会是急急切切又没完没了，"飘风不终朝，骤雨不终日"，此乃天地之自然规律。

"天地尚不能久，而况于人乎？"自然规律如此，天地如此，"飘风""骤雨"都不能久，何况人呢？因此，凡事得深谋远虑，从长计议，谋定而动。动则，也未必风风火火，即便火一阵，也不能一直炎炎烈烈、速速久久而行。动车再快，也不能一天开到晚，一往无前，该进站还得进站，该减速还得减速，该维护还得维护。火箭一呼上天，但该调速变道还得调速变道，该入轨还得入轨，不是一个劲地冲天。世间所有的路径，不全是一条直线；所有的航行，不可能都是顺风顺水，匀速前进。没有只升不降的波浪，永远处在波峰，难上难；始终在波谷，不太可能。波峰、波谷相互依存、相向而行，峰谷之间在不断转化，峰而谷，谷而峰。人之为人，在波峰当看到波谷，在波谷应想着波峰，在调峰中上上下下、曲曲折折，与万物和谐相处、谦谦而行。因此，不可蛮进，不可乱冲，不可使横，不可施暴。现实中的"土霸王""黑帮""恶棍"，总想力用尽，势用绝，仗势欺人，无恶不作，无所不用其极，最终天理不容，灰飞烟灭，结局无不悲悲切切，应验了"失者同于失""同于失者，失亦乐得之"，背道不修行，不讲道行、德行，总是失道失德，麻烦也自然找上，摆脱不了失败的命运。

大道无形。世事运行之道，总是简简单单、平平淡淡、日用而不觉，而非走偏门、图极端。所以说，"从事于道者同于道"，遵从做事修道的人，依天理尽人事，顺着万物的本性与禀赋行动，总是合乎道，从而得道，"同于道者，道亦乐得之"。"德者同于德"，坚持修德的人，依道敬人，遵循天理人情国法，总是合乎德，从而德行高尚，也令人尊崇敬佩，"同于德者，德亦乐得之"。

现实中，道行高德行深的高人，往往顺自然之道，含而不露，吐字如金，顺势顺时讲该讲的话，从不浪费口舌，"希言自然"。而高人非众，因此众人皆学高人。但是，总有一些人学不像，而又摆出高人的模样。生活中常见一些"高人"，常常摆自己的功劳功绩，许许多多大功是其立的，特别爱挂在嘴边的，谁谁谁是其培养，谁谁谁又是其提拔，谁谁谁又是其关照，现在都被忘了，都不来看一下、关心一下，发了不少牢骚，好像其他人都是负心郎，唯他自己道德高尚。如此言说，说明是"失者"。事实上，世事总是"同于失者，失亦乐得之"；唯有少数，也存在"同于道者""同于德者"，而道、德非"乐得之"。天道自衡，行道、行德，而非道敬之、德敬之，毕竟少见。

道者、德者，道、德亦乐得之。年龄大的、资格老的、辈分高的，道、德非"乐得之"，是否需要多想想"信不足焉，有不信焉"？想想曾经年轻的时候，是否做到"老吾老，以及人之老"？一般来说，事事皆有因果，种瓜得瓜，种豆得豆。多追溯走过的路，做过的事，想清楚了，做个明白人，做个知趣之人，即便道、德非常乐得之，也自己乐自己，愉悦身心。老来，爱牢骚，爱责怪人，"失亦乐得之"，还是"希言"他人的好。

　　观音不言

　　顶礼膜拜

　　婴儿无语

　　人见人爱

　　说是非者多是非

　　静静用耳来品味

　　听听最权威

二十四章

　　泰山之所以成为"五岳之首"，关键在于"泰山安，四海皆安"。也因此，泰山被古人视为"直通帝座"的天堂，成为百姓崇拜、帝王告祭的神山。传说，泰山为盘古头部变成的，原名岱山，"大而稳，稳而安"。《易·说卦》曰："履而泰，然后安。"泰卦由坤卦☷、乾卦☰叠加而成。坤为地，为阴，坤在外，地气上升。乾为天，为阳，乾在内，乾气下降。阴阳交感，上下互通，天地相交，万物和合。此乃"天地之道"，因此"稳如泰山"。若阴阳相背，天地不交，上下不通融，则为天地否，此为小人之道。因此，常说小格局的人"有眼不识泰山"。泰山主峰玉皇顶海拔 1532.7 米，非华夏大地最高峰，因其尽"天地之宜"，不崩塌，不溃败，稳稳当当，相伴上下五千年的华夏文明传承史，成了"天下第一山"。

山如此，人也如是。脚踏实地，眼睛看路，一步一步实实走，一脚一脚稳稳迈，才能顺顺利利到达目的地，以圆满功德。小孩子学走路，常是脚尖点地，眼睛东张西望，跳跃式行走，没有站稳却总想着跑，因而多跌跌倒倒，哭哭啼啼。所以说"企者不立，跨者不行"。

从泰卦看，安稳吉祥，在顺天道，阳气下降，沐浴阳光雨露；在注能、赋能、蓄能，地气上升，阴阳交合，天地和合。人在天地之间，天够不着，地在脚下。所能做的，就是顺天意，循天道，不断在大地上种福田，做功业，积功德，储藏满满的正能量，让气势上升，展万千气象。凡"自见者""自是者""自伐者""自矜者"，自我显扬、自以为是、自我夸耀、自高自大，非在大地做实功，或做一点点事，自吹自擂，夸大其词，招摇过市，自以为了得，自高自大，目中无人，少产能，甚至不产能，哪里有正气，更不用说上升。地气不足，甚至没有了地气，靠虚张声势，上不了天，就像火箭没有燃料，不可能与天相交，不可能入轨道。吹气球，不入道，在半空摇摇晃晃，一切都毫无价值，明摆着"不明""不彰""无功""不长"。

"其在道也，曰余食赘形。"自我显摆，说白了，就是残羹剩饭、赘肉病瘤，无所用处。所以说，"物或恶之，故有道者不处"。如此这般自夸自耀，拼命兜销狗皮膏药，如满嘴脸饭渣，即便说唱得再好，也是令人厌恶的，有道者不会这样干的。

重如泰山，轻如鸿毛。谁会不懂，实干为重，瞎吹为轻。那为何还要吹呢？

显摆

摇摇摇

谁会说真相

踮脚

跳跳跳

你说能走多远

二十五章

　　我们每天，开门见天，落脚踏地，向何方，为何行，如家常便饭。稻禾，成米、成饭，得地供养、天阳光、人浇灌，还有顺时节，无灾难，不遭虫害，不被狂风暴雨摧残，还有锅不破，水适宜，火候恰到好处。我们是否问问，为何有的成饭，有的不成饭，有的夹生饭？

　　我们都晓得，天具无限的空间，播洒阳光雨露；地承载万物，提供物质滋养；人是万物之灵，往何处去，靠脑袋指挥，凭着自己的思维；行的意义，为谁而行，不断激发内生动力，那就是信仰、就是理想。常说理想高于天。在内心，又高于天，比天大，那是什么？应该是心之"道"。我们身边常有无形无象的东西，看不见，摸不着，而它又确确实实存在。比如说，电磁"信号"，视之不见其影，摸之不见其形，却能掌控各种机电设备，近之如家电，远之如火箭、太空站。再比如说，一个族群，一个国家，乃至全人类，男女人数总体平衡，是谁在调控呢？应该是天之"道"，自然而然，"道法自然"。实际上，从系统观念来说，天为空间系统，地生物质系统，人有思维系统，还有无形却可感的无象系统，"字之曰'道'，强为之名曰'大'"，就勉强把它叫作"道"，勉强称之为"大"。当下的人，总生活在这四大系统之中。所以说，"故道大，天大，地大，王亦大。域中有四大，而王居其一焉"。当然，从人的生长来看，走过历史长河，还有个时间系统，经过沧桑岁月，受过日复一日的洗礼，踏过漫漫人生。

俗话说，未生人，先生命。就像产品未出厂，而已经有了设计图，外形、内结构都有定数。心之"道"也好，天之"道"也罢，如混沌，蒙蒙存在，未开七窍，先于天地，未投产出"厂"，只是一叠图像，正是"有物混成，先天地生"。

"寂兮寥兮，独立不改，周行而不殆，可以为天下母。"人的理想、信仰，没有声音，没有形体，坚如磐石，自强不息，从不因外力而改变，始终伴着生命运行而不止息，是人创造世界之"母"、之根本所在。

人有理想、有信仰，胸怀天下，眼光远大，行动不止，前途无量，创造无限的幸福，而自身也永远处在幸福之中，奋斗得来幸福，这不就是"大曰逝，逝曰远，远曰反"吗？"同于道者，道亦乐得之"，与道同行，复归于道，就像航天飞船，飞再快再远，都在道。

总是说，人为天下贵，为万物之灵。人贵是贵，大是大，若放在宇宙空间、放在历史长河来看，那是极其渺小的，如尘埃、像蝼蚁，因此，人在四域之中，当看清自己，常问我是谁，从何而来，在何方，居何位，有啥能耐？当常怀敬畏之心，感恩天地万物，尊崇"人法地，地法天，天法道，道法自然"，自然而然存在，自由自在生活，本真本性处世。

人变地变天变

沧海桑田

一切都会变

唯有道不变

自己如此

自然而然

才是根本

为天下母

虔诚　信仰

二十六章

坊间时有评说，某人"头插鸡槽""吃相很难看"。为自身，不顾左右前后上下，不管他人情绪，不关照他人情面，狠捞猛吃，如"七把叉"，横扫邻舍，光盘光碟，图一时之快。饱是饱了，肚如鼓，而抬头望，形单影只，成孤家寡人，脚下茫然。

有些建筑设计师，为标新立异，凸显"特"，追求"异"，不顾周围环境，不考虑城市的历史文化传统，不管基础、地基和文化底蕴，非要搞出如"裤衩"等奇形怪状，不伦不类，"鸡"立鹤群，有碍景观，公众难以接受，成了奇葩、另类，"地标式"笑料。

慈禧垂帘听政，变态式享乐，满汉全席，每餐一百多道菜，仅吃几口。一天换两套衣装，不重样地穿，御衣库有数万套衣服，拥有珠宝无数。六十岁生日，置办首饰、衣服花掉黄金数十万两，各种费用合计花了白银一千多万两，可供北洋水师一年开支。敢挪用军费，建颐和园，讲排场，做大寿，似乎国防空虚、民不聊生与她无关，置天下安危于不顾，极尽奢靡、荒淫、腐败，昏庸无度，终致清王朝灭亡，也使近代中国陷入混战，长期积贫积弱。

凡此种种，如老子所说："轻则失本，躁则失君。"轻举必然失去根本，妄动必然失去主宰，失掉了根本所在。根之不在，主心骨也没有了，怎能久活？自作孽，自毁根基，不可活。

"奈何万乘之主，而以身轻天下？"为什么身为国之君主，还要轻举妄动而不惜丧失天下呢？

人之为人，世事繁杂，孰轻孰重，当有分寸；时势多变，何时动何时静，应当明白。否则，苦了自己，也"轻天下"。

地之厚，圆圆实实，渊渊深深，牵着日，带着月，重之又重。地表之物，浅浅虚虚，风可动，炎寒可爆裂，比之天地，轻之又轻。地气、地力成就万物，地为万物之母，不管何物，若根不着地，也成长不了，因此"重为轻根"，重为轻之根。

世界万物，都处在运动之中，动是绝对的，静是相对的，是暂时的，是有时空边界的。比如说，站着不动，而地球在运转，既公转，又自转。又比如说，躺着睡觉静静，而器官在运化，心肺在呼吸，血液在流动。静非止，静非死，静中将孕育更大的生机和活力。比如说，睡眠之后又有新的精神、新的气象，一天之计在于晨。十月怀胎处静，却创造出新的生命。十年寒窗无人晓，一朝登榜天下知。从此意义上说，"静为躁君"，静在蓄能，在为动赋能，从而静生动，静制动，静是动的主宰。

生活中常常展现重与轻、静与动的各种事物。一般来说，重则静，轻易动。风吹草动，草轻易摇摆。人稳重，多好静，好静多稳重。重如泰山，稳如泰山。代表一家、一族、一国的建筑，如家庙、宗祠、政府，多庄严、庄重，多希声、肃穆，可见静之重，重之要，静、重实在重要。为人做事，当有重之所靠，静之所思，又不陷入重、静之中。如善军者，粮草辎重先行，"终日行不离辎重"，密密谋之深深，发之轻装上阵如迅雷。春秋范蠡，创商道，成"商圣"。他帮助勾践灭吴兴越，功成名就急流勇退，三次经商成巨富，"虽有荣观，燕处超然"。

三散家财，不被物所役，带着挚爱，做隐士去了。两千多年前，"陶朱公"享年八十多岁，是否与"燕处超然"有关呢？你说，孰为重，孰为轻？

万贯家产

夜眠一张床

日食三餐饭

虽有荣观

燕处超然

潇潇洒洒

背包走天涯

二十七章

　　社会生活中，常有工匠、大师傅出现，专注于一域，精于一业，一丝不苟、天衣无缝地完成整个工作的每一个环节，超越技术层面，达到道的境界，可谓一方精英。春秋鲁班，是木匠、泥水匠的祖师爷，他发明了木作工具，创制攻城的云梯，将阴阳八卦转化为实际使用的鲁班尺，穿越千年。鲁班之工匠精神，至今流传，仍发挥重要作用。

　　走入城乡，看城头、古厝，许多墙基都是用石头砌成的。石头或大或小，或圆或方，或长细或粗短，或凹凹凸凸，或歪歪斜斜，每一块石头都在合理的位置，起应有的作用，墙体牢而固，经历千百年，足见老工匠技术精湛。凡是石头，规则的不规则的，不论纹理，不管成色，不计质地，全都能用上，乱石可成墙，此乃"常善救物，故无弃物"。上不了墙的，无用之用，也可做铺路石，没有废弃。

小时候就听闻，古厝常有密室，古墓多有暗道，隐于无形，即便被发现，看得见，而开不了，进不去，这是古之工匠设计的"机关"。古之"机关"或有物有形，今之"机关"多为密码，无声无息，数字、符号，符号、数字，一高人编码，万人莫开。匠心独运，可谓"善闭，无关楗而不可开；善结，无绳约而不可解"，不用栓销而使人不能开，不用绳索捆而使人不可解。

古之侠客，身轻如燕，疾步如箭，飞檐走壁，翻墙越室，入门似隐形翅膀，出楼则如风飘荡，来无影，去无踪，雁过无痕，"无辙迹"，不留痕迹。行侠义，非等闲，常有道骨仙风。

诸葛亮只身过江，以其超人胆识、滔滔辩才，舌战群儒，"善言，无瑕谪"，使东吴群臣无可挑剔，哑口无言，成"口"下败将，促使孙刘联盟，共抗曹操，计战赤壁，火烧连营。

诸葛孔明，苏东坡赞曰："移五行之性，变四时之令。人也？神也？仙也？吾不知之，真卧龙也。"

堪舆之家，精通易学，屈指可算，算于阴阳之道，数于卦爻之间，"善数，不用筹策"，不需要筹码。现实中的大数据，没有筹码，分分秒秒，一键通天，能算天下经纬，可知千秋纵横。

工匠、侠客、诸葛亮、堪舆家、数字技术专家，其形不同，其象各异，其用甚殊，赞美之声调或高或低，然而，"是谓袭明"，都叫作内藏的聪明智慧，都具非凡之功，都有非凡之技，成就非常之道。

有道之人，凡事顺道而为，不弃物，不弃人，常善救人，如善医者，医者仁心，总是杏林春暖，给人无微不至关怀，提振信心，激发内生动力，增强免疫力，内强带外强，心安而身安。

老子崇尚"朴""赤子"。人原先都是纯朴的，如婴儿，彼此彼此。而进入社会，受各种因素影响，能力水平会有差距，就有"善人者"和"不善人者"。"善人者"，善于做事的人，"不善人之师"，是不善人的老师，就像大师傅就是大师傅、徒弟就是徒弟一样，徒弟必须勤勤拜师学艺，为此，由徒弟而师傅。"不善人者"，不善于做事的，受了挫折或失败，交了学费，得到教训，"善人之资"，"善人"应当引以为戒，防止重犯人之所犯的错误，避免再走人已走过的弯路，变弯取直，一路风帆。

而现实中，有的"不善人者"，总会自作聪明，妄自尊大，"不贵其师"，从不认为"三人行必有我师"，不愿意虚心向"善人者"学习；有的"善人者"，"不爱其资"，不愿意吸取他人失败的教训，大意失荆州，最后重蹈覆辙，这些都是"虽智大迷"，虽自以为明智，却是大糊涂。"是谓要妙"，这就是精深奥妙的道理。

实际上，此道理并非精深奥妙，大家都懂，都明了，只是知易行难，做到不易。有多少"善人者"，好不容易事业有成，做了成功人士，有了身份和地位，不自觉地飘飘然，似乎是超人，无所不能，忘乎所以，置别人的失败教训于不顾，轻易接盘，强行嫁接，抢滩过河，想做行业老大，结果黏上烫手山芋，欲罢不能，终将老路重走，以失败告终。又有多少才智平平的"不善人"，却夜郎自大，想一步登天，往往不懂装懂，爱装老大，刚愎自用，好作英雄好汉，不学先进先辈，另起炉灶，武大郎开店，野蛮随性走天涯，终将无涯，陷入无路可走境地。

善善之人，善行，善言，善数，善闭，善结，似工匠，如大师傅，精细每一道工序，爱惜人事，珍惜万物，做到人尽其才，物尽其用，将素材、凡物雕琢成大器。正如老子所说："是以圣人常善救人，故无弃人。"

或善或不善

或学之或鉴之

三人之行必有我师

尽尊师

何大迷？

二十八章

　　人们常说，高调做事，低调做人。何为高调做事，当为高视野、高起点、高要求、高标准、高质量，事到关键处，该放鞭炮就放鞭炮，该祈福就祈福，如建房封顶、上梁，为事利他谋长远，所有工序环环相扣，点点滴滴尽心力，纵横交错完美无瑕疵。何为低调做人，事随日长，人依事隐，见事，少见人，甚至不见人，真人不露相，如建高楼大厦，心在图纸后，行在脚手架中，只见脚手架随建筑物而高，而人或隐或现，躬身行走，战战兢兢干活，一砖一瓦，一心一意，静静在特定位置用功，没想到有特写镜头，一直让房子增高像样，让自己变小，直至屋起人走了。

　　知道高楼有大用，能成一道景，成城市地

标，可风光。在高楼大厦办公，居高层高端生活，可显地位，可看风景，享优越条件。然而，工匠起高楼，全力筑高，又自觉回到低处，多在低处，在凹陷处，一砖一瓦垒砌，一层一层筑起，总是从低处默默地做起，渐高逐高，又回低处矮处起手用力。盖了一座又一座，建了一楼又一楼，不留名，不留姓，起新楼，又回归大地，从地基做起，可谓"知其雄，守其雌"。起了高楼，没有在高处招摇、显摆，又甘守低处，"为天下豁"，如沟如渠，不与天河银河争流，汇人间之水，合乎主流人性，似水大德，不离低处，柔柔顺顺，"常德不离，复归于婴儿"。婴儿，谁都爱，都喜欢，都呵护，都予以鼓劲、加油，因此生生不息。

当然，谁都"知其白"，得了"鲁班奖"，在场面上行走，在舞台中央亮相，镁光灯频闪，很出彩，很有范。然而，在台上，风光只是一时，风采是短暂的。建设一个高质量楼宇，获奖受赞，自然高兴，享受幸福。而建筑工匠，与石头、水泥、钢筋相伴，与脚手架为伍，这是本职本位。走下舞台，离开聚焦的目光，再不能沾沾自喜，终复归于一砖一瓦。立足于本职本岗，制模板，放钢筋，浇灌水泥，处静筑基，耐住孤独远离闹市，"守其黑"，劳作修炼修行，学悟练就技能，功著大地，储蓄储能，从量变到质变，产生质的飞跃，最终又迎来高光时刻。

实际上，人人都仰望星空，也希望能成为星星点点，唯有付出艰辛，脚踏实地，才能走出诗和远方，此为"天下式"，是人的共同模式。"为天下式，常德不忒，复归于无极。"遵循天下范式，与德始终不偏不离，不会有差失，那又回归终极真理，阴阳相生，否极泰来，如此循环往复。

"知其荣"，为人当知何为荣耀，怎么爱惜荣耀，让荣耀更长久、更亮堂。如长明灯、常亮灯，必须源源不断供给能源，没日没夜守护，常常清洁检修，为光耀而付出心血，挥洒汗水，"守其辱，为天下谷"。心血、汗水入川谷，蓄能聚气，"常德乃足"，德行越来越充盈，品行越来越高洁，成了一个有道德的人，一个高尚的人，一个纯粹的人，"复归于朴"，回复到纯真素朴。

大道至朴。"朴散则为器"，朴散了，素材被刻意雕琢了，失去纯真了，那就是器。成功人士，无论经历多少荣华富贵，掌握多大生杀大权，都能以平常心对待，一以贯之坚守本真本性本分，尊道贵德，依道而行，"故大制不割"，智慧治理而不受伤害，事业大成。即便形势最好，达到人生顶峰，感受了"三知"，也更懂守雌、守黑、守辱，坚持谦下、谦下、再谦下，始终低调做人，不强为，从容做事不勉强自己，从而少受伤害，甚至不受伤害。

做事　雄起

亮起　荣光

为人　柔顺

低位　谦卑

返璞归真

安全又自在

二十九章

我们在学习、工作，以及在相关竞技中，常常有这样的经历：万事俱备，似乎全方位比人强、比人优，胜人一筹，信心满满，极想取得最好成绩。越想要，往往越得不到。希望越大，失望越大，有时完全出人意料，阴沟里翻船，彻底被掀翻在地，以完败告终。"将欲取天下而为之，吾见其不得已"，越想要、越强为，是不可能达到目的的。

我们都知道，世界是客观的世界，是不以人的主观意志为转移的。再说，世界是万千的世界，是由万千事物组合而成，不是由单一的某事物决定的，诸多事物相互联系，往往某事物的存在以其他事物为条件，相生相依，在普遍联系中得到发展，在符合周围环境条件中得到发展。还得说说，人的眼睛，不可能全方位看清自己，立体式检视自己，往往以偏概全，高看自己，高估自己。因此，"天下神器，不可为也"。天下神圣的东西，不可强力为所欲为，不可强行掌握，不是想要就能要到的，再说自己的能力、水平、格局、气度，是不是可以胜任呢？"器"都无法控盘，更何况人。比如，一家人，血脉相连，却都不可能哪个家庭成员凡事说了算，决定其他成员一言一行，那更不用说其他了。事实雄辩证明，"为者败之，执者失之"。强力作为，必然失败，极力掌控，往往控制不了。哪里有压迫，哪里就有反抗，多压迫，多反抗，全面压制，全面反击，最后导致全面溃败，满盘皆输，啥都没得到。

"是以圣人无为，故无败；无执，故无失。"所以圣人顺道而为，不一根筋，不偏执狂，不妄为，所以不会失败，不会掉失所需所要，顺顺当当得其所有，因此至圣。

世界万千，万千世界，万千气象，万千性情。人们崇尚"天下大同"，这是人性所趋、所向，然而，世界从来就不只是一种颜色、一个声音、一家一族。世界纷繁复杂，万物各尽其性，"故物或行或随，或嘘或吹"。或前行或跟随，或轻嘘或劲吹，像十番锣鼓，不同乐器，吹拉拨弹，各尽其声，各用其用。

世界之大，无所不有，"或强或羸，或挫或隳"。有大树粗壮强劲入云，有小草弱弱伊人，有如泰山安稳，有像独峰断崖之危，都要去接纳，去拥抱，不能挂一而漏万，不能只追奇猎艳，不能只要我所要，而其他都不顾及、不考虑、不把握。单脚跳，独行侠，都难以致远。

做了充分准备，去赶考，总想考出好成绩，更想独占鳌头，中状元。然而，赶考路上，风雨难测，行程弯弯曲曲，人来车往熙熙攘攘，一路之现实，一身之风尘，都得去考量，都得去把握，始终保持头脑清醒，以良好精神状态顺应、处置变化，争取考得更好，不能总想最好。想最好，往往把控不了。

"是以圣人去甚、去奢、去泰。"圣人总是去除极端的、奢侈的、过度的。

有智慧的人，也如是，往往是合大道，顺主流，和众乐，不会挖空心思去想得到最多、最好的东西，以冷眼、平静之心看世界，峰峰谷谷非常态，热热乎乎非常温。"或行或随"，笑笑看；"或嘘或吹"，淡淡面对。紧跟的，未必最贴心；狂吹捧的，未必最真心。平平淡淡才是真，顺顺当当才能长长久久。

萝卜青菜

各有所爱

善度自己

萝卜青菜

金银财宝

坏了心肠

三十章

　　世界矛盾不断，纠纷不断，战争不断。人们日常生活中，纷纷扰扰、磕磕碰碰的事也不少。遇此情此景，善者有道之人多劝和，调解纷争，力促和平和气和乐，构建和谐社会环境。当然，也有好事之徒，唯恐天下不乱，到处扇恶风、点阴火，激发矛盾，愚弄社会，最后都会搬起石头砸自己的脚，自讨苦吃，"其事好还"，都是有报应的，灾人者人必灾之，害人害己，自我倒霉。老子教诲说："以道佐人主者，不以兵强天下。"俗话常说，劝和不劝离。辅佐人，真正帮助人，解决矛盾纠纷，应以大道，劝善、劝和、劝合，而非挑拨离间，动刀、动枪，兵戎相见，恶恶相向。劝架，切不可上阵、参战，更不能以强凌弱，以势压人。

战争是残酷的，战场是个绞肉场，不会有赢家，胜负没有赢家。试看俄乌战争，国土成焦土，楼宇变废墟，壮士捐躯，百姓背井离乡，家园不再，人将不人，"师之所处，荆棘生焉"，人影不见，草木焦黄，唯有荆棘，无可奈何地荒生荒长。"大军之后"，人亡，财竭，土焦，民不聊生，"必有凶年"。所以说，"善者果而已，不敢以取强"，善者，一时打了胜仗，攻城略地，有所收获，应当适可而止，达成目的就好，见好就收，不敢强取、豪夺，不继续用拳头来显威力，不必再展示肌肉来显强壮。历史反复证明，不争、不战是赢家。

战争、纠纷因何而生？皆为名而战，皆为利而争，因争强好胜而起纷争。现实中"地霸""恶头"等黑恶势力，独"霸"一方，"果而不得已"，从不觉得是不得已，还要再当"头"，且"头"上长角，身上长刺，威风凛凛，似乎是"铁帽子王"，又"矜"，又"伐"，又"骄"，到处逞强，海夸胡吹，目中无人，骄奢淫逸，打打杀杀，无恶不作，为所欲为。"物壮则老"，盛极必衰，"不道早已"，不道德，胡作非为，很快就会灭亡，没有好下场。数数"南霸天""座山雕"之流，还有根脉留存吗？

为私名私利而争强好胜，从而引发纷争，"是谓不道"，这是不符合大道的。爱来爱还，福来福往，不争无忧，不战有福。

功成了

知道你赢了

还要炫耀吗

花艳

不光给别人看

赶紧收敛吧

果实

才是内涵

三十一章

　　"夫唯兵者，不祥之器，物或恶之，故有道者不处。"

　　兵器，不吉祥的东西，人都厌恶，有道的人不使用它。不用说有道之人，也不用说君子，许多凡夫俗子，也都不喜欢金属器皿，更不用说刀刀枪枪、火火炮炮。环顾周围，有多少人用兵器作摆设、当家什，有多少人将其放在尊位、大位？

　　人们谈及兵器，刀光剑影，炸弹地雷，大炮导弹，表情会轻松吗？会爱不释手吗？会想拥抱入怀吗？不答自明。绝大多数人不喜欢兵器，唯有个别专业人士，研究琢磨它，摆拳弄武，那也是为了国有重器，为了震慑。研究"武"、练武，目的在"止""戈"，在于不用兵，防止战。

不战而屈人之兵。不战，为上上策；用兵，系下策，不得已而为之。

古人认为，左贵右卑，左阳右阴，阳生而阴杀，因此"君子居则贵左"，依上位，居尊位，行仁事。仁者爱人，君子常善救人。"兵者，不祥之器，非君子之器"，认为"用兵则贵右"，打战用兵居右位，为下策。君子动口不动手，"不得已而用之"。

战争，必然要死人，而人命关天，生命至上。除了战争恶魔，世界上没有几个人喜欢战争，不顾生命的消亡。绝大多数人，特别是佛家，更不愿意看到兵戎相见、流血牺牲，更不会把处置人、伤及人当乐趣、作成绩，"恬淡为上，胜而不美"，最好的是恬淡从容，善心善待，和而不危害、和而少伤害，不以战况胜算为美事。伤人、死人都是不幸的，若"而美之者"，如果自认为了不得，还有滋有味美美之，"是乐杀人"，此类系不善不仁之人。杀人一万，自损三千。"夫乐杀人者，则不可以得志于天下矣。"这是老子归纳的历史逻辑，是社会铁律。

战争、伤祸人，是凶事，"言以丧礼处之"，就是要按丧礼的仪式处理，不能丧事当喜事办，高歌猛进，应"以哀悲莅之"。有哪个送家人上战场的心里不难受，不咬紧牙关、满眼泪水？有哪个参战者心情不沉重悲伤、表情严肃？"战胜，以丧礼处之"，即便战争胜利了，应该依照丧礼对待死难者，此无关胜负，重在对人生命的关爱，维护人的尊严。

按中国传统礼节，"吉事尚左，凶事尚右"，吉事好事，左边为上，尊者长者为左；凶事坏事，右边为上，尊者长者为右。而两千多年前的老子，就把战争列为凶事，要按丧礼来办，即使胜利了，将军立功了，军衔越高，可能伤人就越多，这不是好事啊！因此，老子重新设计了战争的仪式："偏将军居左，上将军居右。"将军不可以好战，不可以显功，警示慎战、慎杀，作战指挥还是即战即胜，少伤害生灵为好、为妙、为上。但愿永世和平，苍生安好。

名来利往

熙熙攘攘

左右

右左

左青龙

右白虎

顺势乘龙贵左

逆势骑虎居右

三十二章

　　"朴虽小"，朴至小无内，小无形，小的精微、精细，无孔不入，无处不在，因而人法地，地法天，天法道，"天下莫能臣也"，天下没有谁不臣服，像电磁看不到，"信号"摸不到，而现实生活中谁都不能摆脱一样。尊道，顺道，道道相通。世间往往在乎大、忽视小，喜欢真、讨厌假，人若能保持最小的状态、真朴的状态，做个小小的我，露出纯真的脸，谁不会和颜悦色相待？即便有人找碴，因精微、真心、真挚，也无从下手。因此，"侯王若能守之，万物将自宾"，侯王若能守"朴"，与"道"一样，"道常无名"，弃上就下，舍大为小，有名当无名，即便有名，也不能端着，顺天意，懂物性，尽人事，万物将会依序而长，百姓将会顺势而为，自觉顺服。谁愿意违背天道人情？

民谚云："南风吹到底，北风来还礼。"一般南方夏季天气多闷热，热空气升腾，遭遇冷流，冷暖气流打架，突然风雨突变，常阳光明媚之天，瞬间变脸，狂风大作，飞沙走石，掀翻屋顶吹倒墙，阵雨突如其来，或喜或恶，或利或弊，皆因天地阴阳不合所致。天地和合，风调雨顺，阴阳相谐，和气津凝，天普降甘露，覆霖万民，润泽万物，"民莫之令而自均"，不用指令，百姓均享，自然均匀，不会多占，不会少得，雨露均沾。

太史公记刘邦"约法三章"："与父老约，法三章耳：杀人者死，伤人及盗抵罪。余悉除去秦法。"刘邦一进城，就召集父老、豪杰们定规矩，"始制有名"，建制度，立名分，先小人后君子，兵民将相，人人都得遵守。"名亦既有，夫亦将知止。知止可以不殆。"名分有了，按规矩行事，常知止，不越规，就不会有危险。

"譬道之在天下，犹川谷之于江海。"天下有道，万物归道，就如河川溪谷之水奔流江海，归于江海。刘邦凭简明扼要之三章约法，简单之道，深得百姓信任、拥护和支持，最后取得天下，威严天下，天下归刘。以道治天下，得民心犹如河川溪流汇入江海一样，浩浩荡荡。

木材

雕梁画栋

就成不了佛

木材还是木材

随处可用

做啥都行

三十三章

人类是实践运化的结果，走过历史长河，经历世事风云，与天斗、与地斗、与自然万物斗，不断自我革命、自我提升、自我完善，打磨成人的模样，每一个器官都适合自身、适应环境、合天合地，因此成万物之灵。

人长一个聪明的脑袋，识人、阅人，观颜、察色，知人情、察事理，历史、现实，听言、观行，左思、右想，演绎、归纳，以科学的思维，对人的性格、品格、素养做出准确的判断。当然，千人千面，俗话说"看面看底难看肚子里"，识人识面不识心，众好之者未必都好，众恶之者未必都不好，横看成岭侧成峰，知人需要眼力、脑力、阅历、经历、众力，有时也凭感觉，天意天缘，似乎有神助，一见钟情，一眼就是一辈子，一世知音，守望终生，因此"知人者智"，能认清别人的是有智的。

人有一双明亮的眼睛，而眼睛向外不向内，看别人易，看自己难，难以反观内视，往往看不清自己，再加之人之本性，多多少少不愿意看自己。因此，古之贤达"一日三省"，常常反躬自省，时时掂量自己轻重，诚心正意，明白自己德能，保持清醒头脑，不妄自尊大，努力做到事事通达，所以说，"自知者明"，能认识自己的才是明达。

人有筋骨、肌肉、四肢，有力有劲，有招有式，可拳可脚，可张可弛，凭此战胜自然、改造自然，"胜人者有力"，能战胜别人的叫作有力量。胜人易，胜己难。我们常说最大的敌人是自己，人最难的是战胜自己。人之性趋乐避苦，乐者皆爱追随之，苦者都欲逃避之。凡事祸福相依，乐极多生悲，苦尽甘自来。说说容易，明了理而践行之，何其难。有乐，能节制，甚至断离舍，需要底气、志气、骨气，需要如铁的定力和意志。遭苦难，能卧薪尝胆，吞吴兴越，东山再起，也非等闲之辈。乐而不丧志，苦而不失志，克服弱点，补强弱项，战胜自我，这才是"自胜者强"。

人人皆有一张嘴，一开一闭，海吞山吃，张张合合，无止境，可坐吃山空。人都有自己的生活方式，都有自己的习惯吃法。如吃一串葡萄，有的从最大最好最甜的吃起，吃得一个比一个差，越吃越差，心里越来越不舒服。有的从最小最不好看似乎不怎么甜的吃起，吃得一个好过一个，越吃越有味，每吃一个都有满满的幸福感，余味无穷。不挑食，不挑三拣四，只要有葡萄吃就好，越吃越甜，越吃越心满意足，可谓"知足者富"，幸福到最后，才是真富有。

人有两条腿，行路、爬坡、过坎。起始，信心满满，精力充沛，能量大大，走走、爬爬、过过，体能渐降，精神或有不足，而行到深处路更险，爬到半山坡更陡，行百里半九十，像跑马拉松，起始者众，终至者寡，"强行者有志"，能坚持力行到达目的的，就是要有恒心、恒力、恒志。

　　人有筋骨血脉，有灵有气。人们常常说健康是"1"，其他都是"0"，"1"是根本，身体是根基，古人说尊道贵身，道如气象大地，身如树根系，遵循大道，呵护生命，筑牢根本根基，"不失其所者久"，不失其根脉，就能长长久久。

　　人人都祈盼自己长生不老，古有炼丹修道，追求羽化成仙；今有养生保健，梦寐青春永在。自古及今，见几人。人固有一死，或重于泰山，或轻于鸿毛。重于泰山者，非肉体，而是精神，如为人民服务的张思德、雷锋等英雄人物、高尚之士，其精神永垂不朽，"死而不亡者寿"，身虽死而精神永存，永远激励一代又一代后来者前进、再前进。

想吃就吃

想睡就睡

想笑就笑

自己由自己

名位非自给

推倒会爬起

做好自己

美美回忆

三十四章

　　人们常说，有道的人，像一本好书，任你看，百看不厌，且越读越新，越读越有味，迷在其中，取之不竭，是"富矿"，可挖取无限资源，源源不竭给人精神营养。好书可广泛流传，无人不需要，无处不需求，如马上、厕上、枕上，茶楼、酒肆、咖啡屋，等等。处处书墨香，可谓"大道泛兮，其可左右"。

　　好书，无数人把它作为人生宝典，日日夜夜伴左右，捧着它长大、立业、成事，而书不言不语、不哼不哈，人们成就多大的事业，似乎与它无关，更不可能沾沾自喜，据功自有，居功自傲。道如书，书像道，"万物恃之而生而不辞，功成而不名有"。

　　常说，书中自有黄金屋，书中自有颜如玉。

可以说，书中有衣食住行，引领衣食住行，滋养着一个人从小到大做人做事，而润物细无声，行不言之教，"衣养万物"，成全千万人，成就千万事，"而不为主"，不自以为在主宰、在起作用，人读之收益而不宣扬，也总是无名地存在。没人打开而总是合闭着，自甘清闲，从不吭气，不张扬，"可名于小"，不显山、不露水，若有若无，人觉得存在就存在，可算是小吧。

书是人类进步的摇篮。凡追求精进、有所作为的人，没有不读书、不爱书、不惜书的。膜拜经典之书，全身心归附于书，自愿当书虫，终生沉浸其中，无怨无悔，可谓"万物归焉"。"而不为主，可名为大"，人敬书、尊书，而书还是静处，无论是居闹市，还是入高堂，都居宁静之处，谦谦陪君子，问道、求道、得道、布道，最终道行天下，这可算伟大吧。

书如道，得书终将得道。书只是纸与墨，非贵非富，无声无息，处宁静，居闲位，而哪个人不读书、不爱书、不尊书，不以书为师？只要你愿意问之，无论何时何地，书都会毫无保留敞开心胸，让你读个够、看个透，一行一页，一卷一册，从头到尾，从薄到厚，有常识有原理，有天文有地理，有锅碗瓢盆，有柴米油盐，有修齐治平，让你顶礼膜拜。"以其终不自为大，故能成其大"，由于它从不自以为伟大，所以才成就伟大。书如此，道如此，世间何事不如此？"不辞""不名有""不为主"，"不自为大，故能成其大"。

海平面低而汇聚百川，成大洋而载五洲。种子落地入土而生根发芽，开花结果。谦虚使人进步，成就人生大事。水可载舟，亦可覆舟。为民行善，聚民力、民智，无敌于天下。

自满自大

自我膨胀

一己之力

仅此而已

万物归附

赋能蓄能

力大无边

三十五章

　　道如书。四书五经，道德经书，自不言，比宗教"活佛"朝拜者更众，追随者更广，受益者更多。"执大象，天下往。"掌握的大道，天下人都积极投奔，都赤诚投靠，愿得到大道的洗礼、大德的沐浴，从而脱胎换骨，赢得人生。

　　是道，总有人相随。崇拜也好，追星也罢，趋之若鹜也可以，而要和谐有序前行，一路良俗礼仪，恭恭敬敬，虔虔诚诚，依次登门拜见，不要自行其是，不要有门户之见、有道行之争，吵吵闹闹，纷纷攘攘，冲冲撞撞，造成踩踏。"往而不害，安平泰。"有热情、有激情投奔偶像，而又理性地脚踏实地，一步一个脚印迈步前进，非狂热冒进、跳跃、悬空，进而不伤害，自己不跌倒崴脚，也不踩人脚跟踏人脚趾，不妨碍他人行前，大家平和安泰。那该多好啊！

和和求道，美美悟道，顺顺得道。

高山流水，渴求知音。爱与美食，不可辜负。"乐与饵"，美妙的音乐，香喷喷的美食，谁不渴望听上一曲，尝上一口，为此而止步，正襟危坐，沉浸其中，"过客止"。世间的礼乐教化，物质享受，极具吸引力，谁都喜爱，甚至沉浸其中，不愿离场，带来后遗症，影响身心健康。天下没有不散的筵席。进入"乐""饵"场，不能时时在场，不能总是高潮迭起、热闹不止。热闹、开心之后，就觉得怅然，无论有多少不舍，有多大本事，你要闹腾，可得有人愿陪，只身寡人，只好平静，也只能选择平静。人生大部分是在平静中度过的，这是常道。

享受美食，欣赏音乐，就凭各自感受，静静听，慢慢品，深深回味，只可意会，不可言传。道在悟，不在说，"道之出口，淡乎其无味"，说出口，淡然无味，再说也说不清，道不明。因为道无形无象，神龙见首不见尾，"视之不足见，听之不足闻"，看它又看不清，听它又听不到，如空中航线，雷达信号，而"用之不足既"，它的作用波及大地宇宙，无穷无尽。

形象

形与象

形

源于基因

人为整饰

象

善良信仰

无形之气场

成万千气象

三十六章

阴阳之道，是世间大道。昼夜轮回，八卦阴爻阳爻，二进制"0"与"1"，开与合，动与静，相生、相依，一方存在以另一方的存在为存在，如不开口，就不存在闭口；没有生，就不存在死。人生道路，无不如此。

明白了阴阳之道，凡事懂得迂回，学会过渡，掌握过程，处理好暂时与长远，没必要横冲直撞，非要直接直线，不一定要追求一锤定音、一举见成效，可知道万物盛极必衰。

大家知道，钓鱼，先要上鱼饵，放线，然后静静等待，等待着鱼上钩。不能急于拉线、收线，耐得住，有收获；放长线，才能钓大鱼，正是"将欲歙之，必固张之"，收网，有个好收成，必须暂时先撒网。撒得大大、广广，收得实实、重重的。

捕到凶猛的大鱼，如鲨鱼，一般不马上收网。"将欲废之，必固兴之"，渔夫常常先刺激它，给它血腥味，激起其兴奋，让它尽逍遥，任其沉浮纵横，拍打翻滚，瞎蹦乱跳。有的还投些小鱼饵，"将欲夺之，必固与之"，大鱼吞小鱼，随饵加速奔袭，消耗其体能，直至有气无力，游不动，捞上船，拖上岸，可谓"将欲弱之，必固强之"。

"鱼不可脱于渊"，鱼离水上岸，只能任人宰割，等着上灶台餐桌，入口下肚，化成无有。渔夫放线、撒网，静悄悄，沉深深，钩网不摆在水面，不打起浪花，暗网捕大鱼。对鱼如此，更何况"国之利器"，国之重器，核心技术，重要武器，"不可以示人"，应该是秘密之秘密，更不可以好高示人，不可以招摇过市，只有静待战机，箭出膛，战必胜。

实际上，老子的四对"将欲""必固"，想得长远的，必先付出暂时的，是方法论，是思维方法，是不硬打硬杀的柔性方法。钥匙开锁，钥匙小小，锁头大大，以小小之钥匙，或柔柔之指纹打开坚硬牢固之锁，"柔弱"轻而易举胜"刚强"。欲胜"刚强"，必付之"柔弱"，欲穿石，必须滴水，点点滴滴，久久为功，"柔弱胜刚强"，滴水穿了石。克强以弱，化刚为柔，多做柔弱之事，多行柔弱之方，"是谓微明"，那是不动声色的聪明，是微妙的兆头。温柔乡，常有自在事。

生活工作中，常常有极限测试，看极端，先给高压线，亮红牌，再明底线，守底牌，保安全。

比如说体检，有的人体检前要节制饮食好多天，清心寡欲，来检测最低指标。有的人正常饮食，检测出正常状态指标。有的人故意用大餐，出大力干重活，检测"最坏"临界峰值。掌握了"最坏"，明白健康极限，知道自己的生活舒适区间。不纠结一时变化，不在乎天天指标指数，有病照常用药，以正常心态管理健康、对待生活，这样，平常生活会更自如，幸福指数会更高。像有的人血糖高，天天测血糖，测血糖能治糖尿病吗？天天自找苦吃，那又何苦呢？

　　研发新的产品，基本都要做极限测试，小到刀叉、压力锅，大到汽车、动车、飞机、火箭，给其最大压力、最大动力，让其承受最重、跑得最快，掌握最危险的时值，记录弱点弱项，在平常使用中管控，不越值，不碰警戒线，才可能保证其最安全地运转。可见"将欲"自当"必固"，"必固"让其至极，从而暴露出极点，把握盛衰之域，会取得更好"将欲"。

　　　虎无威是病猫

　　　是佛也跳墙

　　　弱与强

　　　自身力量

三十七章

因月球和太阳，特别是月球的引潮力作用，海水产生周期性涨潮，日涨称潮，夜涨曰汐，总称之为潮汐。一般每天涨落两次。

古人曰："潮汐去还，谁所节度？"海水的涨落，是靠谁来节制调度的呢？古人看不见，摸不着，也没有仪器检测，不知道什么在起作用，或许就是天道吧！

是的，是天道，是宇宙日月星辰运行之规律。现在大家知道，是万有引力在起作用。地球近月，距离近，引力大，海水被牵引，潮高涨了。"道常无为而无不为"，万有引力看不见，没有伸出千千手，也看不出施法力，也不知道怎么作为，然而，没有一件一物能够摆脱它，不受它所影响，就像海水，以及海中的鱼虾蟹等。当然，有的影响大，看得见，如钱塘江潮。有的影响小，看不见，感觉不到，似乎我们同鱼没有关系，不知鱼之乐。

小时候，常随父亲讨海，顺着潮涨潮落劳作，当时，懵懵懂懂，不知道父亲以及村里的老渔夫怎么算潮汐时间，而且算得很准，据此出海作业，不耽误时时刻刻。

我们村里有个集体合作渔业队，上百户人家参加。渔业队主要是围网捕鱼，根据山海地形，布置一个长约 3 千米的围网，一端靠岸，用直径约 10 厘米、高一两丈的"网竹"插入海滩，每两根竹间一张网等长距离，逐渐往潮深处延伸，至深处"网竹"满潮不没顶，再往浅滩延伸，插围网的另一半，不靠岸，为防鱼逃脱，这一端形如小迷宫。空中俯视，整个围网形似抛物线，顶部在海的最深处，也是被围捕鱼的聚集点，此处的网最新、最好，"网竹"最高、最大，经得起潮深浪大冲击，防止鱼死网破的疯狂。

渔业队长组织渔业全过程生产。涨潮到七

分满，调度数只"起网船"出海，将网从海底拉起、结好，似海底长城。潮退，潮水将离开围网抛物线顶部，组织大批渔民下海，从两端开始，向中间合拢，收鱼的收鱼，整理网的整理网，补换"网竹"的补换"网竹"，为下一个潮涨新一轮生产做准备。渔业队长根据月亮变化，准确掌握潮汐规律，据此组织生产，什么是大潮，什么是小潮，什么时间起网，什么时间下海收鱼，每天看看月亮的脸，每天调度渔民下海上岸，鱼儿轮番入网。这可谓"侯王若能守之，万物将自化"，渔业队长依照潮汐规律组织渔业生产，鱼儿自投罗网，渔民有序作业，集体大围网，自我大发展，享受生产生活的快乐。

人心不足蛇吞象。当然，有的渔民生私心，起贪欲，不听话，"化而欲作"，有的不按潮汐规律劳作，图省力省事，不尽心；有的也会夹带私货、获取私利；有的好大喜功，收大鱼，弃小鱼，等等。潮汐规律是自然之道，是"无名之朴"。对有私心杂念的，有的安排整理网，有的检换"网竹"，有的只负责挑担子，没有直接接触大鱼小鱼，眼不见鱼，手不及鱼，也没有了想法；对于善水性、能博浪的弄潮儿，安排其开"起网船"，潮起拉网、结网，大劳作，给予大报酬。以"无名之朴"镇之，用自然之道管理，"夫亦将无欲"，大家享公平，不再起贪欲。"不欲以静，天下将自定"，渔民没有贪欲，不争鱼夺利，海也安静了，浪也平了，渔业队自然就安定，生产就发展，大家生活和谐有味。"将自定"，鱼满舱，幸福享。

心有山海经

经无形

用之有形

人人顺心

天下自定

三十八章

我们在看历史影视剧时，荧屏多有忠奸之辨，颇有戏的是，突出反映道与德、上德与下德，最典型的如电视剧中的和珅，令人深思。

老子曰："上德不德，是以有德；下德不失德，是以无德。""上德"，就是说有崇高德行的人，不在于表现形式上的所谓德，因此才是真正有德；"下德"，就是说德行不足或缺德行的人，只在乎表现形式上不脱离德行，面上锣鼓鞭炮齐鸣、烟雾缭绕，内在阴阴阳阳、鸡肠小肚，实在是没有德。"上德无为而无以为，下德为之而有以为。""上德"之人，不刻意于形式，如行云流水，不故意展示所谓的德，多给人如沐春风之感，为善不为了出名，风过也就过了，雨过地湿润物而已。"下德"之流，如和珅，为人处世，精明算计，善揣摩心思，趋炎附势，惯于投机，善于表演，满脸堆笑，总刻意形式，无风也要起个浪，给人留下"好"印象。

仁者爱人，爱来爱往，无形无影，在内心，深深的、源源的，又是时时刻刻、无微不至的，就像父母之爱，儿行千里母担忧啊！即便隔空万里，也心系儿孙，默默祈祷，一切安好。"上仁为之"，父母愿意为儿女付出所有，"而无以为"，情之所在，日用不觉，融于衣食住行之中，也不会特地搞一个什么仪式，特意发布什么善意，彰显什么壮举。不重形式，但也应该起波澜，有反响，"上仁为之"，以"上仁"应之。然而，社会确确实实存在，父母"上仁"，儿孙似乎不对称，不讲嘘寒问暖，不问日月，懒得与长辈音讯连接，有的甚至病亡都不知晓，真是"不仁"，深深令人困惑，令人心忧、心寒。

生活中常常看到江湖义气，口口声声称兄道弟，动不动拍胸脯、喊口号，行事好举大义之旗，动作总是要搞声势，"上义为之而有以为"，所谓好义，乃是刻意而为，为义而义，非真心实意，有的是被迫举义，有的还不合时宜。仗正道曰义，与众共之曰义，"羞恶之心，义之端也"，中华传统多重义、尚义、忠义，见不肖、邪恶，自有正义感。可见，义非仪，义非利。讲义，若重仪式，为了利，像江湖之义士、义侠，响应者寥寥，无成者多多，善终者寡寡。

礼崩乐坏，周公制礼。礼，是外在的约束，让社会有序运行。制礼，需要特定的社会环境，守礼的人文，行礼的土壤。制度礼仪，是规范主流人性的，众之所需，将有所制，此乃顺道而为。若没有一定的基础条件，大讲礼仪，制定不接地气的规矩，划了很多条条框框，必将束缚身心，捆绑手脚。这就是"上礼为之而莫之应"。大家不响应、不遵循，"则攘臂而扔之"，于是靠长臂管辖，强迫人服从，并非如愿。常说，强扭的瓜不甜。因为人有灵，一切行动源于思想，思想不通，有礼也难以行得通。

天地之道，自然之道，大道至简，如阴阳，像日出夜伏。好中医，明人道，合天道，治百病，皆是扶正祛邪，先是调脾胃，助运化吸纳，补阳气，增元气，强精神，再对症下药，以祛病。这是治病救人之道。如此道不懂，那就靠医德了，医德高，善意暗示，无形激励，满心温暖，亦会减轻病人的痛楚。无德不良的庸医，多是口口仁义，声声称爱心，却使劲开大项目大检查，又是讲义举，这个减免那个打折给优惠，开处方一大摞，回扣一大把，还笑脸相迎，彬彬有礼。所以，老子说："失道而后德，失德而后仁，失仁而后义，失义而后礼。"

社会上，不全是越讲礼的就越贴心、越温馨。实际上，往往是越缺啥越是强调啥，心无仁义越是面上重礼，不然为什么总是防止"笑面虎"，防止在礼仪掩盖下耍阴谋诡计、行肮脏勾当，古之不是有"鸿门宴"吗？可见，"夫礼者，忠信之薄而乱之首"。礼是忠信不足的产物，居祸乱产生之前。

"前识者"，自作聪明，自认为对仁义礼有先知先觉，并好施之，那是"道之华"，道的虚华，玩虚招，"而愚之始"，那也是愚昧的开始。能在社会上行走，非智障者，没有不聪明的。耍阴招，装虚情假意，故弄玄虚，无人不晓，无人不知，那不是自己丑弄自己？自作聪明者愚。

大丈夫，有道者，就像道行高尚的老中医，"处其厚""处其实"，立身淳厚，为人朴实，静静把脉，默默治病、救人、布道，"不居其薄""不居其华"，不干浅薄的事，不挂满头衔显耀其位，诊心调息，不哼不哈，甘于治未病，如扁鹊的大哥，名不出家。

懂得此道，应该做何选择，"去彼"，还是"取此"？

循大道

天高地厚

不必多礼

三十九章

　　拉萨，离天最近的城市，如诗的高原，远方向往的圣地。是否"近水楼台先得月"？先"得一"，先得到"道"了，应该是。

　　天青得发蓝，云白得通透，像匹白绸缎，飘浮在天际，一睁眼，就能看清其纹理、脉络、花样。城市、乡野、山脉、冰雪、河流，以及寺院、雪莲花，都静得出神，静静地传经，静静地开放。藏传佛教，历史悠久，令人神往。多少信众，五体投地，匍匐前行，历尽艰辛，朝圣敬神，祈盼得到佛祖加持，神通感应。大自然造化，山隆起，冰峰险峻，雪山连绵，冰融融，雪水源源，河谷低唱，笑盈盈，水流侃侃。天青青，地宁宁，神灵灵，河谷盈盈，佛音渺渺，天地为一，六合聚和，万物自然生生不息。此乃天"得一"、地"得一"、神"得一"、谷"得一"的景象。

人又如何呢？人当敬天拜地，尊重神谷，善待万物，这是天道。人之为人，生长于家庭，成就于社会，吃喝拉撒，衣食住行，都非一人所能为。长城万里，得有砖石；高楼大厦，得靠水泥钢筋；人之有成，非一人之功，而是聚万物之气，合千万人之力，造就好汉。因此，圣贤总是以下为基，以民为本，老百姓是天，老百姓是地，老百姓是上帝。所以说"侯王得一以为天下贞"，侯王"得一"，得到老百姓，得到赞美，得到拥戴，得到整体，成为首领。

"其致之"，推而言之，得道者生，失道者亡，这是历史铁律。沙尘暴滚滚，黑云压城，城欲毁，"天无以清，将恐裂"。胡采滥挖，推山破土，无节制耗费自然，破坏生态资源，导致山崩地裂土地荒废，"地无以宁，将恐废"。人若无神明关照、圣贤指引、师长的释疑解惑，不开窍，呆若木鸡，或不能自知、自胜、自强者，孤芳自赏、故步自封，那就是画地为牢，终将衰败，"神无以灵，将恐歇"。河谷不低姿态承接溪流，不汇聚涓涓细流，那只有枯竭，"谷无以盈，将恐竭"。万物没有生机活力，不遵循物竞天择之道，终将被淘汰，"万物无以生，将恐灭"。"侯王"不爱民、亲民、为民，不得到赞许、拥护，"无以贵高"，如房屋无基石，或基石不牢，必将倒塌，"故贵以贱为本，高以下为基"。毛主席说："卑贱者最聪明，高贵者最愚蠢。"群众在实践中摸爬滚打，掌握鲜活材料，具有丰富实践经验，领导者不应高高在上，应扑下身子，甘当小学生，拜群众为师，尊重首创精神，发挥群众的聪明智慧。人民群众是根基，是铜墙铁壁。

因此，"是以侯王自谓孤、寡、不谷"。"侯王"总是自谦的，自称为孤、为寡，自认为没有若谷的胸怀，自我降低身段，表现出一种低姿态。居高位，躬身低处，立实地，稳上行。"此非以贱为本邪？非乎？"此难道不是以贱为本吗？凡成功并一直功成到底的人士，没有不是以谦下为本的。山有多高，基就有多深，否则承载不起。

人们常常说，功著大地，做功德不是为了出名，如高山流水，山无言，水无语，源源不断汇聚大海，而大海心知肚明，天地知道，神明知道，道知道，正像老子所说："故致数誉无誉。"最高的荣誉，在地上，润万物，伴万物生长，无须赞美称誉。泰山之高，长江之长，自不言，无须他言，千万年存在，亿万人敬仰。

所以说，"不欲琭琭如玉，珞珞如石"。不要总想做美玉，还是做个实实在在的石头。石头随处可以安放，美玉需要防盗防窃，易损易坏，不好保管。不可居奇货异物，或奇或异，非道性也。

皇后

满身珠光宝气

若前无皇帝

脚不着地

还称后吗

还是马皇后

大脚好

纷争天下

履平地

四十章

　　"反者，道之动"，阴阳之道，如昼夜，循
环往复。夜入眠，眼一闭，不知不觉天亮了。
睁开眼，日出而作，一日三餐，日用不觉，日
落天黑了。日复一日，夜复一夜，太阳升升落
落，月亮圆圆缺缺，点点滴滴、分分秒秒描绘
了历史长河，正像老子所说的"弱者，道之用"，
道的作用弱小，且无形，在不经意间，无目的
性，顺着来。而人更是如此。人的渺小，注定
是"弱"，一切都得顺着来，顺天地万物，接受
现实，配合一切客观条件，在夹缝中生存，这
是人生唯一路线，没有别的选择。倒行逆施，
违规越线，那都是无望的挣扎。当然，夹缝之
中并非蜗居不动，无所事事，而是顺着缝隙活
动，就像青螺、蜗牛在岩礁间缝中生存，缓缓

而行，乐在其中。

古希腊哲学家赫拉克利特说："人不能两次踏入同一条河流。""太阳每天都是新的。"江河川流不息，太阳无时不在燃烧，世界时时刻刻都在运动、在渐变。道在变，万物也在变，有的可感知，如天黑天亮，有的难以感知，无以觉察，如黎明前的时光，漫漫长夜，弱弱星光，不少星星沉大海，海天一线。感知不感知，大道都在运行，你睡你的觉，天际线由隐而现，朝霞涌现了，太阳出来了，天亮了，似乎无关你什么。

夜再长，黎明总会到来。至暗至黑，当思满怀阳光，走向光明。高光时刻，当思太阳总会过午，还会落山，慎待荣耀、光环，不能眩晕、躺倒，以致被炎炎烈日烤干、烧焦。老子敬告"反者，道之动"，关键是要有"反"的思维，知"反"、尊"反"、守"反"、用"反"，在运动变化的世界中，多往相反方向想问题、做决策。正当好时，想到坏处；时运不济，祈盼时来运转。来回平衡，心将安处，也总能安处。

"塞翁失马"的故事千年传扬。家马入胡，失了，没了，塞翁曰："此何遽不为福乎？"为什么就知道不是福运呢？"马将胡骏马而归。"家马引着胡之骏马回来，马多了，马骏了，人皆祝贺，塞翁曰："此何遽不能为祸乎？"为什么就知道不是祸运呢？确实，家有良马，其子好骑，"堕而折其髀"，从马上摔下，折断了大腿骨，腿断了，走不了路了，塞翁淡定地说，又怎么就知道不是福运呢？世界真是变化莫测。胡入侵，壮年男子参战，挥鞭驱马向敌，举弓相射，死者十九。"此独以跛之故，父子相保。"唯独腿断的缘故，未能参战，远离刀枪，因而塞翁父子相保，平安无事。

　　塞翁是反向想问题的典型。马失了，是坏事，而未必一坏到底，相信会向好的方面转变。得骏马，马多马良，是好事，而未必永远就好。塞翁不拘于就事论事，超越时间和空间，去思考问题，观察事物，其心态始终是淡定的、乐观的、积极的，是应道而变的，也因此，福报多多。

大道运行，循环往复，"天下万物生于有，有生于无"，有无相生，祸福相倚。不是吗？家马没了，又得胡马，马多了，又断了腿，腿不健全了，却保全了身家性命。世人可明白乎？

　　一收一支，一供一给，一进一出

　　进进出出几斤两

　　一后一前，一右一左，一下一上

　　下下上上都在场

　　风与雪，云与雨，晚照与晴空

　　和合在阴阳

　　太阳昼夜同气象

　　心圆圆

　　春秋如常

四十一章

老子曰："上士闻道，勤而行之。"

唐代著名禅师，福建长乐人百丈怀海，可谓是忠实践行者。百丈禅师创立了《百丈清规》，他非仅为立规者，亦为践行者。他主张"去住自由"，既要精神自由，又立足于现实，落实于日常生活之中，因为禅在生活中无所不在。百丈禅师制定的二十条丛林要则，其中：学问以勤习为入门。因果以明白为无过。待客以至诚为供养。凡事以预立为不劳。此足见禅师闻道而先行，而勤行，处事待人以至诚。

百丈禅师亲领众僧严规修道，同甘苦，每次劳动，"凡日给执劳，必先于众"。传说有一次，执行僧见怀海禅师年龄大，便将他的劳动工具藏起来，意在让其休息。禅师四处找工具不得，就拒绝吃饭，直到工具被发还。百丈禅师告诫众僧，要做到"一日不作，一日不食"。此真是"上士闻道"，不作不食。

当然，现实社会各色人等，不可能全是"上士"，有"中士"，还有"下士"。"中士闻道，若存若亡"，听了"道"，却将信将疑，时而信时而不信，时而侃侃大道，时而弯弯小道，灵则跪拜，不灵则转身背道，有需要临时抱佛脚，没有至诚至真。"下士闻道，大笑之"，就像小和尚念经，有口无心，想入非非，嬉皮笑脸，不恭不敬。有的还做出有损"佛门"的蠢事怪事，不知耻不知辱，不怕被嘲笑，凡事都爱调侃，爱说三道四，歪斜段子不绝于口，"不笑，不足以为道"，成了潜意识。

人形形色色，德样样种种。上士有上士的德，中士、下士也有其相应的德。人不同，价值观各异，德的标准林林总总。德，概而言之，不外乎公德和私德。何德何能，一方面在于自我价值取向，另一方面在于社会价值评判标准，因此，同一人同样的德行，看法评价因人而不同。同看一条溪，小马视为不好过的河，蚂蚁视作天险的深谷汪洋。同一对象，不同主体观察，不同景象，横看成岭侧成峰。素养、格局、境界不同，德的标准不同，唯有自我价值取向，与社会价值评判标准同心同向，私德才能合向于公德，枝枝叶叶归于根本，因此有本心诚德，社会也就少了纷争，多了和谐。

上士有"上德"，其德"若谷"，崇高的似川谷，深不见底。"大白若辱"，"大白"了，太干净了，似水清则无鱼，不合群，人皆远离而去，成了孤家寡人，众口还会铄金，还被众"暴"。有的人似乎没那么好，自我要求也没有多高，但是广结善缘，懂得人情世故，得到广泛认可，似乎是"广德若不足"。有的人一身侠骨，敢担当，做事强势，高举高打，以功铸德，几十年如一日默默奉献，甚至隐姓埋名，与家人山河阻断，尽管有柔情似水，双眼总饱含泪水，但对家人来说，可真是"建德若偷"啊！似乎是无情物，好怠情。有的人质朴又纯真，如赤子、婴儿，混沌未开，可谓"质真若渝"。

"上德""质真"可近"道","大白""广德""建德"也非不近"道",因为人就是人,有历史、现实的局限。人在寰宇之中,极为渺小,其素养、能力、视野受限,对世界万物不可能一览无遗,大得无边无际的方块,难以看到棱角,此谓"大方无隅"。要做一个巨大的公器,如原子弹、航天器、天眼,须经岁月的锤炼、再锤炼,始可成就、成国之大器,"大器晚成"才具合理性。人类可以听到的频率正常范围通常在 20 赫兹到 20000 赫兹,超出此范围,难以辨识,不像海豚、蝙蝠可以听到高达 100000 赫兹的频率,鲸鱼可以听到低至 7 赫兹的次声,"大音希声"是人类发展的结果。古人曰:"无状之状,无物之象。"这里的"象",非动物亚洲象、非洲象,意为形态、样子,延伸为景象、形象、气象,人们常说形象高尚,气象万千,此象无边无界,正像老子说的"大象无形"。

所以,"建言有之",古之立言人这样归纳"道":"明道若昧",光明的"道",好像暗昧,观太阳眼晃花;"进道若退",前进的"道",好似后退，快速前行、景后退；"夷道若纇"，平坦的"道"，又像是崎岖的，高速路多事故。因此耶稣说："你们要努力进窄门。"

不管是"无隅""晚成""希声""无形"，还是"昧""退""纇"，大道就是不显、退隐，不显山、不露水，平平淡淡。总而言之，"道隐无名"，"道"总是隐隐不显，无名无声。

因此老子赞叹说："夫唯道，善贷且成。"只有"道"，善待万物，擅于辅助万物生长生成。

几乎无声息

这人太老实

似愚笨意

吃亏吗

无愧天地

合本意

又不碍人休息

由己利人多惬意

四十二章

老子曰："道可道，非常道。""道"，似混沌无隅，难以用语言来表述。又曰："反者，道之动。""道"是循环反复的。比如说，聚六合气象，有了种子，种子落地，一般萌出两片芽，经阳光雨露、浇水培土，渐长渐大，开花、结果，春种一粒粟，秋收万颗子。因此，又有了新的种子。

阴阳谓之道。天地未开，一团混沌。盘古开之，有乾坤，分阴阳，明昼夜。昼夜轮回，阴阳交错、激荡、和合，孕育出新的生命，推陈出新的事物。如阴爻阳爻，交错叠排，演绎出多少"八卦"；数码"0""1"，不同的编排组合，可产生多少电子软件，多少操作运行系统，而且万物可表。有哲学家说："万物皆数。"所以，老子说："道生一，一生二，二生三，三生万物。"

天地为阴阳之天地，世界为阴阳平衡之世界，没有无阴之事，也没有无阳之物，凡事物皆是阴阳平衡的结果。"万物负阴而抱阳"，万物生长，必须能够经得起风吹雨打，排除不利之因素，走出不良之环境，扛得住困苦，经得起受伤，仰起头，迈开步，消化负面阴影，忘记伤疤，满怀希望，去拥抱太阳，"冲气以为和"，奔向和美的世界。

实际上，每个人的成长，无不"负阴"而起，嗷嗷待哺，蹒跚学步，道路崎岖，扶持拐杖躬行而至终点。当然，也必须"抱阳"而成，若没有获得营养，没有各方加持、能量足足，没有精气神杠杠、自强不息，即便有善始，也未必有善终。多少纨绔子弟，生在豪门，终却穷困潦倒。"负阴"是基石、是态度。"抱阳"是愿景、是状态、是精神。

因此，我们就能领会老子所说的："人之所恶，唯孤、寡、不谷，而王公以为称。"一般人厌恶孤、寡、不谷，而王公作为自己的称呼，王公懂得以下为基，时时提醒必须有为下的态度，爱民、亲民，以民为本，才有人抬轿、载舟，以固王位。

事物总是相反相成，既对立又统一，且对立双方会相互转化。"故物，或损之而益，或益之而损。"有的损减了却得到利益，有的得到利益了却损减。比如，有的居高楼大厦豪宅，却不适应那个高度如此排场，心理健康受影响；有的居高位享受高端，却少了风土人情少了乡愁；有的为了逍遥自在不生娃少生娃，却年老无助无人照顾，少了天伦之乐；房多、储蓄多，却往往付出多、辛苦多，等等。世间事，多如此，因此须谨记"反者，道之动"，事物往往循环往复，有"塞翁失马"心态，多反向思维，明白"强梁者不得其死"，强暴者不得好死，就会避免乐极生悲。

老子曰："吾将以为教父。"这是施教的宗旨。"人之所教，我亦教之。"

钱币有价值

得有阴面和阳面

不是对立面

阴半斤

阳八两

万贯家产

四十三章

昨夜梦见了滴水穿石的场景，以此景来书写本章似乎老天安排。

上善若水，水至柔。山泉之水，顺着山坡突出处，或尖石或树根，频频滴，一滴又一滴，不停息，炸在岩石上，滴滴化作乌有，无痕迹，几乎无声无息，日积月累，长年滴滴滴，竟然让磐石穿孔。这就是自然现象中常见的"天下之至柔，驰骋天下之至坚"。

滴水穿石，"无有入无间"，水滴弱弱，近于无形，顺山崖，靠自重，往低处流，在不经意间，源源滴啊滴，甘于碰石头，粉身碎骨在所不惜，终至金石为开。从此应该知道"无为之有益"，不刻意为之的益处。

滴水"无为"，在于汇聚自然之山水，非人

工引流，因此源源不绝，久久为功；在于顺山势山形，水道一贯，经风霜雨雪、日月长空，不换频道不改流向，聚焦一点，直奔所向；在于凭自重，自觉放低身段，凝心垂直降落，敢于碰硬，明知道鸡蛋碰石头，有去无回，我将无我，那又何惜！

滴水"至柔"，滴水"无为"，可贵的是自重顺势，难得的是初衷不改，可赞的是忘我无我，敢穿天下之顽石。

滴水穿石，充分体现了"无为之益"，可以说是行"不言之教"。这样的自然智慧，"天下希及之"，很少人能做到。

梁　正直

桩柱　刚强

高低方位

柔顺自然

三德福庐也

四十四章

　　我们常有去街市采购的经历，图轻便，带着纸袋或塑料袋，逛了一个店铺又一个店铺，东西买啊买，这个也想要，那个也不能错过，一件又一件，不断往袋里装，走着走着，袋子不是断了提手，就是塌开了底，以致货物散落满地。或许这也算得上"多藏必厚亡"。

　　实际上，"甚爱必大费"。过于贪求货物也罢，名利也好，都要付出大代价，有的甚至得不偿失。比如，现代人"为目不为腹"，这个可口，那个又营养，山吃海喝，结果富贵病满街都是。市场经济丰富多彩，有的人这个想投资，那个又想入股，盲目扩张，结果竹篮打水一场空。人世间熙熙攘攘，有的人为私欲，拉张三入帮，拖李四入伙，请王五下场，团团伙伙，蝇营狗苟，最终德薄无以载物，难以聚人，树倒猢狲散，人生一塌糊涂。有的人过于要面子，出场面要光鲜亮丽，使劲往脸上贴金，涂脂抹粉，似乎给人好看。而长此以往过度粉刷，皮肤受害，满脸坑坑洼洼，终身受累。

日常生活中，我们离不开锅和碗，端着金锅银碗吃饭，可能会引起关注，可能会显耀身份。人都乐意拥有好看的锅和碗，自愿多花些钱购置，是常理常情。美观、好看是锦上添花，最为重要的是不能有破损，不能危及锅碗自身。如果为了显耀，天天招摇过市，过度使用，煮不该煮的东西，盛不能盛的汤水，让不会打理的人打理，如果不小心，把锅碗弄破了、裂了，锅碗还有用吗？还能用于煮饭、盛汤吗？别人还会注意吗？铁锅、金锅，烧煮是其本根。瓷碗、金碗，盛饭汤是其基本。金锅裂了，不及完好的铁锅。金碗破了，不如瓷碗有用。锅裂碗破，丧失了根本，即便镂刻了多少美丽的图案，贴上多少金银，也只好弃之灶台旁，闲置于旮旯角落，当作废品。物如是，人也如是。

由此可见，"名与身孰亲？身与货孰多？得与亡孰病"？名声和生命，哪一样非亲近不可？生命和财富，哪一样更显贵重？得到名利和失去生命，哪一样更有害？不言自明。

锅碗就是锅碗，不必附加过多生命之重。无论什么锅和碗，摆在什么场合，给什么人使用，关键是不能破损。即便是宫廷锅碗，风风火火，贵人捧、富人端，一旦破损，那也不如百姓家实实在在、与清汤淡饭为伍的土锅陶碗。在博物馆可以看到，许许多多陶罐瓷碗，至今还有文物的价值。长长久久留存多好啊！

人生在世，生命至上。保持本真本性存在，土就土一些，被冷落就被冷落，不加添加剂，不过度装饰，不必涂油漆，就不会过敏，也不会危及健康。因此，还是要铭记"知足不辱，知止不殆，可以长久"。

江山　美人

江山和美人

美人　江山

四十五章

　　道济禅师，"济公活佛"，俗名李修缘，浙江天台人。俗人称其"济颠僧"，常衣衫褴褛，破帽破扇破鞋垢衲衣，酒肉穿肠过，东西南北游，踏破坎坷不平路，世人说其疯癫，说其痴狂。

　　"佛祖留下诗一首，我人修身他修口。他人修口不修心，唯我修心不修口。"济公"佛祖"心中坐，重修心，学问渊博，常行善，广积德，扶危济困，爱管人间"闲事"，喜打抱不平，息人之诤，救人之命，除暴安良，彰善瘅恶，还擅长中医，善治疑难杂症，为民解忧愁病苦，可谓是高僧大德。济公临终留诗曰："六十年来狼藉，东壁打到西壁。如今收拾归来，依旧水连天碧。"好一个"水连天碧"，其心可鉴。

印光大师云：道济禅师，乃大神通圣人，欲令一切人生正信心，故常显不可思议事。其饮酒食肉者，乃遮掩其圣人之德，欲令愚人见其癫狂不法，因之不甚相信。否则彼便不能在世间住矣。见其不可思议处，当生敬信。见其饮酒食肉处，绝不肯学，则得益不受损矣。

济公活佛，大神通圣人，在世间行走，常显不可思议处，酒肉穿肠，遮掩其圣人之德，大德隐于内而不彰显于外，因此不易受损，永远"佛祖心中留"，从而"一身破烂行天下，除恶惩奸辨是非"，令人敬信。

"躁胜寒，静胜热"，常运动可以克服寒冷，心静自然凉。

从济公"依旧水连天碧"也可以见得，世间万象，现象和实质、外在和内在、形式和内容，多有相反相成。正像老子所说的："大成若缺，其用不弊。大盈若冲，其用不穷。大直若屈，大巧若拙，大辩若讷。"

老子所说的"大"和"若"，应当统一于"清静为天下正"，清静无为是正道，像济公，常修心，心中有佛，以慈悲之心，行真善美之事，普度众生，安行天下。

袈裟破

酒肉　穿肠过

看似疯癫

碧水连天

四十六章

　　小时候在乡村生活，发现极个别家长蛮不讲理，好像与人有仇似的，总爱跟人家吵架，爱计较鸡毛蒜皮之事，对长辈不敬，对同辈不礼，对小辈不爱。一不合意，言语不投机，不满足私心杂念，动不动靠嗓门粗压人，有理没理凭拳头大显威，大事小事喜吵闹，吵了左邻吵右舍，闹了前厝闹后院，吵闹急了，若没占上风，就全家总动员，指使女的撒泼打滚，教唆孩子丢石头扔东西，男女老少齐上阵，声嘶力竭，"戎马生于郊"，巴不得连怀胎的母马都要征用赴战场。

　　若不占便宜，不全胜，就不收兵，胡搅蛮缠，搞得左邻右舍不得安宁，然而，最受伤的，还是家人。常常与邻里厝边不和，心不宁，行无序，家业无成，特别是孩子无心读书，也学着争和斗，前途可想而知。

相反，绝大部分家庭，遵守村规民约，依照公序良俗，尊老爱幼，和睦邻里，家安人和，心和气顺，老的颐养天年，壮的凝心聚神干事，小的孜孜求学，与人无冤无仇，各就各位，各得其所，无须备战应战，可以"走马以粪"，连战马也可以用于耕田，可谓刀枪入库，马放南山。爱来爱往，家家太平，幸福满满。

此为家"无道"和"有道"之别。家如此，天下何不如此！

一切无理纷争，皆来自贪欲，源自不知足。纷争多了，就引祸患，因而遭罪过。所以，老子说："祸莫大于不知足，咎莫大于欲得。"

"知足之足"，知道满足的人，不留怨恨，不树敌，没有祸害，没有忧愁，内心安，外和安，逍遥自在，才是"常足矣"。因为只要笑，只要和，就不会输，就不会败。不败、不输，永远是赢家。

人心不足蛇吞象

蛇吞象

不会成气象

四十七章

　　人们常说，秀才不出门，能知天下事。何以知天下事？之所以成秀才，十年寒窗，读书、修心，内省、内求，见贤思齐，思接千载。因此，"不出户，知天下；不窥牖，见天道"。故人能为，而当下，更加容易。网络无处不连，讯息漫天飞扬，大数据应景推送，不出户，动动指头，敲敲键盘，分分秒秒知天下。不必伸头望窗外，凭视频连接千万里，世界风云变化，日月星辰运行，江河奔腾，湖海翻浪，山川起伏，"嫦娥"奔月，蛟龙潜海，一览无余，尽收眼底。

　　做学问，读万卷书，行万里路，理所当然。那怎么说"其出弥远，其知弥少"，迈出门走得越远，知道得越少呢？求学求知，必须专心致志，精益求精，壮志凌云，可以图远，但不能想得很远而不尽心力，更不能想入非非，眼在书，而心在九霄云外，越远越渺茫，如迷途的孩子，断了线的风筝，有去无回。还得防止走着走着，或偏离了方向，背离了初衷，不能纵贯到底，本应问道而去逍遥游；或限于一域，身在庐山之中，不能拨开云雾，看清庐山本来面目，而成了书呆子。获真知，关键在进得去，沉得住，研得深，悟得透，出得来，看得远。

所以说，圣人下功夫获真知，内求修心，"不行而知，不见而明，不为而成"，不出行也能知晓事理，不特意窥视也能明世道，不强为也能有成就。

周游世界

也怅然

何处知天下

心安处

在陋室

四十八章

古人曰："古之学者为己，今之学者为人。""君子之学也，入乎耳，著乎心，布乎四体，形乎动静。端而言，蝡而动，一可以为法则。""古之学者为己"，为了修炼自己，注重心性培育，讲究心学，树德立行，此为"君子之学"。为学入耳、入心，融入筋肉血脉肢体，体现于细微言行，达到诚意、正心，"一可以为法则"，可以作为行为规范。"君子之学"，非"今之学者为人"，为了获取更多知识谋生，而是已上升为求"道"，追求道行。

"为学日益"，讲的是"今之学者"，读书学习是为了获取技能、技术、技巧，为谋生取利就有更多的功利性，欲求就可能日益增加，比如说，为晋级，为职称，过了初级，想中级，评上了中级，又要拿高级，一级又一级，有了高级，又想得到更好单位的聘用，这个单位待遇好，那个单位平台高，彼好此高，比了又比，选了又选，没完没了。"为道日损"，求"道"，得"道"，按规律、法则办事，大道为公，大道自然，私心杂念一天比一天减少。"损之又损，以至于无为"，私欲少之又少，不为己，不为亲，不为戚，大公无私，公行天下，顺其自然，不因物变而异，而是遵循万物共同的利益，最后就达到"无为"的境界。

人不为私，不以私心行事，公道自在人心，我不负天，天不负我，私欲失而人心聚，会得到最广泛的拥护，众星拱月，所以说"无为而无不为，取天下常以无事"。"无为"，超越自我，没有自己特殊的利益，不为自己干，"无不为"是规定、是宗旨、是责任和使命，全心全意为人民服务，无我从而大我，得人心，聚人力，无为而达到无所不为，没有什么事情办不了，天下无事。

"及其有事，不足以取天下。"现实中多有

新官"三把火"，若出于公心为了公利，这无可厚非。只要有修养，做什么事都没有问题。但是，有个别人，不是一任接着一任干，而为彰显自己能耐，突出新政，私欲妄见层出不穷，不按规律办事，上山不问樵，下海不问渔，拍胸脯做决策，新招怪招一箩筐，终至不理旧账无收成，新项目不接地气不成活，老的不成，新的不就，满目烂账，那只能靠造假，假项目，假投资，假统计，有的因此造成损失，影响发展，误了事业，也害了自己。

历风云

笃定一念

守真守善

不起哄

自无忧

四十九章

　　百川归海，众流融于海，因为海的博大，每一股水都能容得下，或浊或清都敞开胸怀。

　　众鸟归林，百鸟争鸣，因为林枝繁叶茂，不计较搭巢做窝、悲鸣嬉闹，不论是何鸟，或喜鹊或乌鸦，或鸿鹄或麻雀，或凤凰或野鸡，都可任其逍遥。

　　大海如此，森林如是，人林林总总，又如何？且看看阿根廷足球队，近年来频频在相关大赛中夺冠，特别是夺得 2022 年卡塔尔世界杯冠军，主教练利昂内尔·斯卡洛尼功勋卓著。梅西称赞说："他最优秀的是沟通和管理能力，他总是尊重所有人，团结一致。"球员们认为："选手们信任他，就像他信任我们一样，他和球员非常亲近。"这在某种程度应验了："信者，吾信之；不信者，吾亦信之，德信。"

阿根廷足球队，个个球技超人，人人个性俊毅，都非等闲之辈，因而在利昂内尔·斯卡洛尼接手前，成了烫手的山芋。利昂内尔·斯卡洛尼以球员为中心，心胸大，容得下各路英雄好汉，尽管球员技能、品性各异，而他"无常心，以百姓心为心"，没有私心杂念，一切以国家荣誉、民族尊严为上，尊重人，信任人，亲近人，团结人，勤沟通，常商量，注重发挥个人技能和特点，讲究技术安排，让球员各就其位，各尽其才，可谓"善者，吾善之；不善者，吾亦善之，德善"，得各方拥戴，同心同向，整体力量超群，攻无不克，创造了辉煌战绩。

海汇百川，林归鸟兽，大家聚英豪，关键在于"歙歙为天下浑其心"，极力收敛其私欲私见，以此使天下万物归于纯朴。因为"百姓皆注其耳目"，百姓都关注自己脸面，关心自己的切身利益，这是本性所然。所以，"圣人皆孩之"，有成就的人，以自己正心正念正行，行不言之教，引领之，转化之，善待之，使其达到婴孩般纯真质朴的状态。

　　禽兽

　　也不愿意被伤害

　　毒草

　　也不情愿被践踏

　　有差别人

　　无差别心

　　何不播洒

　　阳光雨露

五十章

生与死，如同一枚钱币的阴面与阳面，生伴着死，有生就意味着有死，时时刻刻有生的希望，分分秒秒也有死的风险。抛掷钱币，阴面、阳面都可能出现。一番坎坷波折，生、死都有机会。生现出，死隐去，蓬勃向上，生生不息，就没有死的可能。没了正心正念，没有阳气底气骨气，就没有了阳光雨露，没有外力加持正能量助力，生活日趋暗淡无光，没了希望，暗无天日，走到生的尽头，阳面翻过，阴面翻身，生的结束，死象出现，生机已入地。人活着最忌毫无生气、毫无生机，死气沉沉，那与死同，因此，人活一股气，需要精气神。

当然，有生有死，出生，就得入死，这是人生规律，是自然法则，"出生入死"，谁都摆脱不了，古今中外，庙堂乡野，人与草木，无法逾越。

万物生长都有其法则。古语说，三十而立，五十知天命，七十古来稀。按传统习俗，年岁到了五十，知天命了，就要做大寿，还得准备棺木等善终事物，以应生命之变。这是否是古人总结的生命定数，不得而知。老子曰："生之徒十有三，死之徒十有三，人之生、动之死地亦十有三。"长寿的人，约占三成；夭折短命的，约占三成；本来可以长生，而自己好折腾走向死亡的，也有三成。三三三之说，是老子依当时社会现实做出的判断。而今世之人，应当依照今之社会的具体现实，科学研判、把握今生今世。

古之生命长短三三三制，"夫何故"？为什么会这样？"以其生生之厚"，因为过于看重自己的生命，把个体放在过于突出的位置上。以致拼命追逐名闻利养，不知知足止步；无节制追逐物质之娱，奉养过于丰厚；不遗余力追求长生，以图增寿长命。凡此种种，现实社会同样存在，有的甚至有过之而无不及。

谁都晓得，温室里长不出栋梁之材。是否换句话说，温室长不出健康之躯。当今之世，物资丰富，生活多彩，有些人更专注于享乐了，吃得饱饱撑着，喝得醉醉迷着，玩得颠颠疯着，养生堂、健身所常跑，长寿药、不老术、营养餐全要，有的还四处打听偏方秘诀，跑遍天涯寻访高人问计，有的甚至进深山跪老庙祭古刹，烧香拜佛，以图向天再借五百年。有谁能做到呢？物竞天择，适者生存。过度了，生命难负其重，就累，常累长累，死得快。且多欲，多折腾，折腾多，风险大，安全系数小，如极限运动，命悬一线。

所以，老子曰："盖闻善摄生者，陆行不遇兕虎，入军不被甲兵。兕无所投其角，虎无所措其爪，兵无所容其刃。"善于保养自己生命的人，爬山过岭，不会遇到凶狠的犀牛和猛虎；入军打战，刀枪不及身躯。因为没有养尊处优，各方面棒棒的，犀牛使不上角，猛虎用不上爪，兵器显不出锋刃。

"夫何故？"为什么会是这样呢？"以其无死地"，因为没有暴露出弱点，没有进入风险地带，不容易被掐住死穴，从而顺好安康。自留"死地"，主动找死；留有"死地"，存在被人加害的可能性。好争，得之愈多，得罪愈多，挖空心思寻"死地"者愈多，被加害的可能性愈大，因此不是生生不息，而是生生困难。

再说，生命长短也并非生命的全部价值、意义所在。道家尊道贵身，同时也提倡死而不亡者寿，寿在精神永存。比如说，屈原忧民生之多艰而作《离骚》，图改革兴国，"将上下而求索"，以身明志，伴汨罗江长流，穿越历史长空，现今乃至未来，永不会磨灭。毛泽东评价说："屈原的名字对我们更为神圣。他不仅是古代的天才歌手，而且是一名伟大的爱国者，无私无畏，勇敢高尚。他的形象保留在每个中国人的脑海里。无论在国内国外，屈原都是一个不朽的形象。我们就是他生命长存的见证人。"

今天作此章，正好是癸卯年端午，敬书一笔，以祭祀伟大先贤屈原。

上下求索

做真正自己

抱住生命一跃

汩罗江

定格在端午

五十一章

　　人的正常生成，男女云雨，精子卵子结合，十月怀胎，一朝分娩，婴儿出世。除了遗传基因，智商、性格、容颜，基本上是"道生之"，人是无法控制的，不然怎么会说，龙生九子而子子各异。再说，谁不想生一个天才的孩子，生一个合乎自己意愿的下一代？然而，谁又能做到？美好梦想，变成现实，首先在于"道"的作用，在于大道运化，受各种规律支配，总是在不知不觉中呈现，在不言不语中生成。所有事物的发展都是有规律的，没有离开"道"的生成，没有跳出因果联系网中的"偶然"。"道"似乎什么都没做，而总让万物有序生长。

　　孩子成长，家庭是第一所学校，父母是第一任老师，随后进入中小学，乃至大学接受教育，取得一定学历，获得一定学识、技能，终将走向社会这个大学校。人一路走过、路过、停留过，周围的人和事，左右相伴，前后随行，各种因缘影响着立身、路径、作为，而最为关键的是人，遇到什么样的人。一个人，一句话，一个行为，可以影响一辈子。尽管一生会遇到什么人，无法选择、无法估算，但是相遇相识正能量，必然走向正方向、登上正高度。从历史逻辑、实践逻辑、现实逻辑看，"近朱者赤，近墨者黑"，虽非绝对，却可以说是一般规律，总是一定程度存在。因此，诸如家长的做派，老师的德行，同事朋友的品行，总是有形无形地影响着。遇"朱"德者，相逢德行高尚的贵人，成顺顺，长高高，立功大大，这可谓"德畜之"。近距离的，真真切切的，重要的是好的家庭家教家风，日用不觉，常孕育渐成长。

社会非真空，非单一，而是多元的，真假美丑，形形色色，都会登台亮相。花红红绿绿，树高高低低，江弯弯曲曲，山峰峰峦峦，人熙熙攘攘，万物形状各异。凡人非"超人"，无法左右、主宰世界万物，只好是"物形之，势成之"，欣然接受这多姿多彩的世界，把握万物"形"和"势"，聚合、凭借环境的力量而成长。

可见，人有成，非一人之力、一家之德，非强力强为，有许许多多机缘巧合使然，此机缘巧合，可能就是"道"和"德"。"夫莫之命而常自然。"比如说，生在谁家，遇到何人，有何个性，能走多远，生命多长，无法横加干涉，一切顺其自然。"长之育之，亭之毒之，养之覆之"，让其生长发育，让其安安定定成熟，多加无形的关爱和照护。"是以万物莫不尊道而贵德。"因此，万物无不尊崇"道"而珍贵"德"。也可以说，不管是人还是物，都认同一个理，背"道"无以生，无"德"无以成。

老子曰："生而不有，为而不恃，长而不宰，是谓玄德。"

中国共产党人，人民至上，胸怀天下，为人民谋幸福，为民族谋复兴，为人类谋进步，我将无我，不负人民，"砍头不要紧，只要主义真"，始终为人民对美好生活的向往而奋斗，这

是最深厚的情怀，最深远的道行，最高尚的操
守品德。这是对老子此句话最鲜活的诠释。

　　　土地

　　　自然而然生万物

　　　长势如何

　　　随缘

　　　而从不收割

五十二章

中华大道，已融于现实生活，带着烟火味。农民懂得，稻谷发芽，是生长的开始，浇水、施肥、培护、收割、打场，精心筛选、储存，守护着良种，来年播种。知道番薯块根生藤苗，剪藤、栽埋、浇灌、加肥、挖地、收成，挑选品相好的番薯，或入臼，或堆埋，或请进屋，保温防寒，陪护过冬，春来再栽培。种子—生发—新种子—守护—播种新种子。这是百姓都明白的"天下有始，以为天下母"。天下万物都有本始，把这个本始作为天下万物的根源。

"反者，道之动"，"道"的变化，总是循环往复。种子是本始，也是根源，是"母"，也是"子"，"子"大又成"母"，但又是新"母"，新"母"又会生新"子"，蛋生鸡，鸡生蛋，如此往复，生生不息。

所以，老子曰："既得其母，以知其子。既知其子，复守其母，没身不殆。"知晓了根源，也就认识本始，认识了万物生发；知晓了本始，知晓了万物生发的道理，又会持守其根本，守大道，终身就不会危险，源远流长。

农耕社会，农民依天道，顺四时，日出而作，日落而息，面朝黄土背朝天，精耕细作一亩三分地，男耕女织，一日三餐，牧歌短笛，自得其乐，不知魏晋，可谓"塞其兑，闭其门，终身不勤"，塞住了欲念的空穴，关闭了欲望之门，终身没有了劳扰。相反，"开其兑，济其事，终身不救"，如果打开了欲念的空穴，就会增添闲杂事烦心事，纷纷扰扰，终身不得安宁，心不静多病，多病不可救。

"终身不勤"，可以借鉴"四灵之一"乌龟的生存智慧。神龟依天道，背着天圆甲，穿着地方壳，喜静，习惯将头、四肢、尾缩入甲壳里，闭目养神，无事冬眠休息。悠闲自得，可上岸，可下水，性温和，无争斗，随缘生活，遇啥吃啥，可荤可素，小草山花活虾鲜鱼，皆可食用。龟常生活于水下、洞穴，"见小曰明"，能察见微弱的光，匍匐而动，何去何往，心明了。受堵，静静歇歇；有空间，心灯指引。且善守柔，遇打扰、侵害，迅即收缩，将头脖颈等柔软部位装进龟壳，以防不测，保全性命，活以图大，正是"守柔曰强"。因此，成了人们至古及今的崇拜物。

光明光明，光是表，明是里。有光，未必都能明，或一处明，未必处处明，不然怎么有灯下黑。光是外在的，明是内在。只有"用其光"，内化于心，"复归其明"，做到心明眼亮，"无遗身殃"，不会给自己带来灾祸，"是为习常"，这才是万世不绝的"常道"。有道性的人，读古今圣贤之书，重要的是借思想之光点心灯，修心学，炼心功，心透亮，光明而正大，一路华灯高照。

初见

请问尊姓大名

有名

从此张三是张三

李四是李四

名副其实

而非超人

最好隐姓埋名

五十三章

老子曰："使我介然有知，行于大道，唯施是畏。"

老子时代，就已经认识到，人行走在大道上，最为担心的是，见异思迁，想入非非，附加许多功利，走着走着，走偏了路，误入歧途。

古之所现，当今社会也常见。一些人刚出道挺正的，有理想，有格局，有气魄，想有所作为，选择走正道，走阳光大道，以实现人生价值。然而，人生路漫漫。一路行走，也会有疲倦，也会有懈怠，也会遇见花花草草、珍珍果果，路过酒肆歌楼，也想轻松快活，也想获取近期利益，因小心思而向小路，甚至邪路，中断了恒心定力，忘记了初心初衷，走向了不归路。

人走路，实际上是走心路，心宽路宽，心

香路香，心远路远。心小心窄，路再大再宽阔，也只看脚尖顾眼前，哼哼唧唧，不停地打小算盘小九九，计较风计较雨，苟苟且且，不会迈大步，持续向大道。心大心宽，放眼量，宜长远，披荆棘，逢山开路，遇水架桥，哪怕崎岖山路，也会走出阳光大道。总之，路是人走出来的，没路走了，有心就可开新路，拓大道。

"大道甚夷，而民好径。"大道很平坦，很深远，而人走长了，走久了，也会想走捷径，抄小路，甚至迈向歪门邪道，图省时省力，趋乐以避苦，贪图享受去了。人喜大道，也爱抄小路，这也是人之为人的困惑。

今人"好径"，最为突出的是，躺得死死的，不肯挪动一步；蹦得高高的，蹿蹿跳跳博眼球。有的人从"内卷"到泄气"躺平"，工作消极怠工，甚至宅家不工作，家底已耗光，无房无车无储蓄，可谓"朝甚除，田甚芜，仓甚虚"。有的人热衷于投机"出圈"，挖空心思当"网红"，蹭流量，"服文彩，带利剑，厌饮食，财货有余"，穿金戴银，名表名车，装装样子，显显派头，假豪门贵族，招摇撞骗，空手套白狼，搞资本运作，强占豪夺社会财富。"是谓盗竽"，这简直是强盗。

无论是泄气"躺平"，还是投机"出圈"，"非道也哉"，都不是正途呀！

      阴阳谓之道

      出作落息

      使命

      阳光道

五十四章

　　据相关研究发现，早在河姆渡新石器时代，我们的祖先就已经开始使用榫卯结构了。榫卯结构是一种凹凸结合的连接方式，凸出部分叫榫（或榫头），凹进部分叫卯（或榫槽、榫眼），榫和卯咬合，凹凸互补，内相交，连接稳固，外齐全，养眼悦目。

　　榫卯结构，是中国古代建筑、家具及其他木制器械的主要结构方式，这种巧妙组合，比用铁钉连接更牢固，可有效地限制构件往任意方向扭动。像紫禁城、天坛祈年殿、山西悬空寺、应县木塔、福州华林寺等，全采用榫卯结构，不用一根铁钉，经历数百年乃至上千年，依然风雨不动。

　　榫卯结构，见证了"善建者不拔，善抱者不

脱",善于建树的不可动摇,善于抱持的不会脱落,保持稳定性、坚固性、恒久性。"子孙以祭祀不辍",子孙应遵循"不拔""不脱"道德原则,来祭祀、传承,德厚传家长,世世代代祭祀就不会停止、不会断绝。

社会芸芸众生,能相遇者,寥寥无几。有缘相识、相知、相处、相惜、相和极为重要,有缘建立了关系就要"不拔",有幸走到一起就得"不脱",这也应当是与人交往的准则,也是友德、公德。"不拔""不脱"必须是相互契合,榫头和榫槽、凸出和凹进紧紧咬合,是无缝的、相向的、平等的,一方始终以另一方为支撑、为依托,相敬相存,凸部不存,凹部也无用。一旦咬合、结合,不能随心所欲随意活动,没有任何自由度,始终是结成一体,连在一块,构成一个整体。要解开,也要顺着原来的轨道,怎么进去就怎么退出,是有道道,否则,拆不了,打不散,异常坚固,这也是榫卯结构建筑千年不倒、家具百年不坏的根本所在。不是熙熙攘攘,功利性的存在,有利则存,无利则散。

人是社会的人，总要在社会行走，必然要交往，因此，友德很重要，是修身立世的根基。交友是自愿的，情投意合，相互契合，像榫卯结构，和合、牢固、稳定，风雨不动摇，相守长长久久。人皆有凹凸，应求同存异，有容人之气量，心存大者眼光远，谋大者不玩小心思，和合六方。当然，社会各色人等，个人胸怀气度有限，包容天下难上难。因此，挚友不可能多，也不宜多，自古知音难寻。交往、交友宜深不宜变，往来路径越精要，最好像榫卯一个方向，越牢靠。若是朝三暮四、花拳绣腿、一天一幕，那是演戏，闭幕走人，黑灯瞎火。

所以，将"不拔""不脱"之准则，"修之于身，其德乃真"，这个德就是纯真的；"修之于家，其德乃余"，这个德就是有余的，家有余庆；"修之于乡，其德乃长"，这个德就是会长久的，留传乡里；"修之于国，其德乃丰"，这个德就是会丰厚的，国之根基；"修之于天下，其德乃普"，这个德就是会普遍的，世界大同。

"吾何以知天下然哉？以此。"怎么会知道

天下情况呢？就是凭"不拔""不脱"道德原则，身临其境，"以身观身，以家观家，以乡观乡"，以己身看他身，以自家察他家，以我乡望他乡，身临其境，感悟出为人处世大道理，推己及人，由近及远，由特殊而普遍，"以国观国，以天下观天下"，从而影响致远。

总之，人与人之间关系的稳定性、牢固性，是社会的根基，是家旺国盛的基础、保证。家之不家，国将不国，皆是内斗、内乱所致。因此，"不拔""不脱"是大德，因为稳定和谐兴万事，万事和为贵。

用我的凹

丈量你的凸

等量　相向　相拥

你我无凹形

我你无凸状

天下气象

五十五章

　　日常生活中，时而辅以面食，或包子，或馒头，或面条。做面食之前，一般都要和面。搅之，拌之，捣之，搓之，甚至摔之，用棍棒击之，反反复复，折折叠叠，圆圆扁扁，块块条条，面不改其质，且越折腾、越捣鼓，面食越劲道，口感越好。何也，面之至柔，依意随形，生不计形，不惧拿捏，更具韧性。

　　物如此，人如是，像赤子。

　　老子曰："含德之厚，比于赤子。"道德涵养深厚的人，像初生的婴儿。

　　德厚，人见人爱，不忍伤害。"蜂虿虺蛇不螫，猛兽不据，攫鸟不搏。骨弱筋柔而握固。"毒虫不叮，猛兽不伤害，凶恶的鸟也不攻击。婴儿尽管筋骨柔弱，拳头却握得很牢固。柔而不僵硬，无缝聚合，黏黏成团，也是拳握牢固的理由。

"未知牝牡之合而朘作，精之至也。"婴儿尽管不知道男女交合之事，小生殖器却常常勃起，这是因为精气充沛的缘故。此"朘作"，非因目视感性而起，非因心爱情感而生，而是内在"精之至"，生命力所在，原动力所趋。

"终日号而不嗄，和之至也。"婴儿整天啼哭，喉咙却不沙哑，这是因为元气醇和的缘故。婴儿哭，合天之作，自然发声，纯真纯粹，似天籁之音，或大声，或长音，是自身气力所定，生长所需，无异腔，无怪调，不伤人，不伤人也就不伤己，因而"不嗄"。

婴儿因精满、纯真、柔和，无人不爱，无人不呵护，因此无忧无虑，快乐、健康成长。

相反的，"物壮则老，谓之不道，不道早已"。过分强颜欢笑，过度好强争壮，过早表现成熟，就容易衰老，这不符合人之生长规律，不顺乎规律，必然累身早亡。

所以，老子曰："知和曰常，知常曰明。"

知道和，和顺、和气、和合，和为贵，叫作合规律，懂得规律，就能心里明亮通透，做人明明白白。

然而，"益生曰祥，心使气曰强"，过分使用添加剂，用非常之举，拔苗助长，站立未稳，就让其奔走，必定摔跤，多跌倒，难免受伤、遭殃。意气主导心智，欲念超越心力，那就是逞强。逞一事之强易，一时易得，而没有厚德内涵支撑，也易失去。一世能强、恒强，必须"知和""知常"，最好还要"精之至"，精气神十足。

自我

自满

没有了空间

就低

就弱

不是最好

谦谦使劲更好

五十六章

"笑天下可笑之人，容天下难容之事。"

弥勒佛身宽体胖，大腹便便，笑眯眯，不开口，不露齿，不说话。而信众、居士总是跪拜其前，敬香、磕头、祈祷，诚诉心中所需、所求、所愿。弥勒佛双耳垂肩，始终无限笑意，似乎在倾听，就是不说话、不明示。而整个寺庙挂满了"有求必应"牌匾，弥勒佛还是不说话。你求你的，我乐我的，该做什么事就做什么事，心诚则灵。

弥勒佛到底肚子里卖什么药？

"知者不言，言者不知。"智者、贤哲不随意言说、不妄加说教，随意言说、妄加说教，不是智者、贤哲。心思难以言说，词不达意，语言难以完全表达心意，再说，道破了心机，也无情趣，有的还会使人心发狂。还有，没有遇到知音，不在同一频道，说也白说，且言多讨人嫌。当然，人最好别开口，一旦话匣子打开了，越说越想说，来劲，兴奋，眉飞色舞，唾沫横飞，搜肠刮肚地说，难免理屈词穷，丢三落四，缺了逻辑，少了严密，有言可能有失，言多失多。所以，弥勒佛金口难开，而心里有数，懂得善恶喜乐。

然而，人非弥勒佛，非神非佛，而是有血有肉，不是土塑木刻石头雕的，不能不说话。只是说话要经过大脑，知之慎说，不知之，不能说，更不能信口开河。须谨记，病从口入，祸从口出。这也是考验人之为人的终身课题。

如果说眼睛是心灵的窗户，则可以说口舌是欲念的开关。人的多少欲念呈现于口舌之中？健康生活，粗茶淡饭，食之七分饱最宜，不贪吃，不图奇珍异货，为腹不为目，"塞其兑，闭其门"，塞住欲念空穴，关闭欲望门径；含而不露，不耍贫嘴，不显口技，少夸夸其谈，别靠嘴巴逞能，不能得理不饶人，刻薄伤害人，

"挫其锐，解其纷"，不露锋芒，敦敦厚厚，消除纷争；本色本真，无须花枝招展，不必光彩四射，不用红地毯，何须鸣锣开道，"和其光，同其尘"，收敛光芒，随大流，混同人世间，"是谓玄同"，这些就叫作玄妙齐同，也算是入道了。

入道之人，眼顺耳顺，善者善之，不善者也善之，玄妙齐同，"故不可得而亲，不可得而疏；不可得而利，不可得而害；不可得而贵，不可得而贱"，不讲亲亲疏疏，不计益益损损，不论贵贵贱贱，超越了功利，看平了世界，少了峰峰谷谷，就复归于平实、平静、平淡、平凡，没有什么奇人妙事，没有什么奇言妙语，也就少了话语，渐渐无语。超越世俗功利，不说人和事，少话语，直至无语，无伤害，"故为天下贵"，最为天下人所尊贵，就像弥勒佛。

实际上，人之德行，更核心的是"内圣"，格物致知，诚意正心，重内轻外，有内无外，胸怀大大，内涵满满，外露少少，处事和和，待人融融，如行云流水，动静微微。若人人如此，世界大同！

谁能看见

从哪里来

到哪里去

本来就不在

只有生活之树常青

蝶之梦

鱼之乐

五十七章

老子曰："以正治国，以奇治兵，以无事取天下。"以正道正心治国，以出奇制胜用兵，以自然无事来治理天下。"吾何以知其然哉？"我怎么知道是这样的呢？

"天下多忌讳，而民弥贫"，天下禁忌多了，限制、束缚、捆绑多了，人们精神受禁锢，思想难以飞翔，主动性难以发挥，就会精神贫乏，物质更贫穷。中国改革开放初期，实行家庭联产承包责任制，神州大地焕发出新的生机，这是正向雄辩的证明。农民拥有一亩三分地，种什么庄稼，根据市场要素、土地特性、气候条件，自己选择，自己做主，这样有利于发挥主动性，激发内生动力，解放自身，也解放了土地，促进生产多样性，因此也满足了多样的需求，创造出更多的财富。若是单一制，这也不行，那也不行，没有选择，也就没有了特色，抑制了农民的创新性，影响了市场的丰富性。

"民多利器，国家滋昏"，民间武器多，社会多混乱，如一些国家允许私人拥有武器，经常发生枪击案，恶性事件频发，纷争四起，甚至引发种族屠杀。历史上因这个匪帮、那个团伙，帮帮团团，刀枪林立，多引发军阀混战，以致民不聊生。

"人多伎巧，奇物滋起"，人们制作的技能越多，创造出的豪奢物品也越多，引发的奢求也会越多。比如，前些年的寿山石雕、红木雕刻，大玩所谓的大师、名家之作，众人追逐奇货，有人趁机哄抬价格，一件几万、几十万，甚至上百万，玩过了，背离了事物本质，跌落神坛，掉进了深渊，以致现在少有人问津。

"法令滋彰，盗贼多有"，人为的法令越来越多，就可能出现非良法，有的可能限制了人的本能本性，又会引发其他非分之想，遇到"红灯"绕道走。绕路行走的人越多，小道道越多，小九九百出，强行设定之路行者稀。绕道者众，出轨越轨成了常态，见怪不怪，难以做到善治。

我们郊游，进入一片森林，浑身舒服，满心自在，举目爽悦。树高高低低、枝枝叶叶，藤缠缠绕绕、曲曲折折，草短短长长、青青绿绿，花艳艳淡淡、芳芳香香，鸟起起落落、鸣鸣唱唱。枯枝，搭窝巢。落叶，归根土。草莽莽，献牛羊。土润润，养虫蟾。日出，道道光芒；日落，万物自逍遥。日日夜夜，涛声来自无声处，溪谷息息回响。

森林中的鸟兽花虫，谁在管呢？道法自然，物竞天择，自由、自在、自然。人人心中都有一片森林，依自然法则行事，天赐、我喜，人善、我近，人恶、我离，社会将成为和谐大森林。

故圣人云："我无为，而民自化；我好静，而民自正；我无事，而民自富；我无欲，而民自朴。"外界不干预，森林之中的花草树木鸟兽，将"自化""自正""自富""自朴"，该怎么样就怎么样，依天性，顺天道，自然顺化，自然纯正，自然富足，自然淳朴，比如说，草青、草黄、草枯，四季轮回，春风吹又生长。又比如说，卵生幼虫，幼虫成蛹，长翅化蝶，蝶比翼飞翔，你梦不梦，它都交配育卵，如此循环。

自然法则，是最大的法则。万物顺之，则各得其所，天尽其才。因此，"多忌讳""多利器""多伎巧"，以及"法令滋彰"，都不符合自然大法，终将得不到理想的效果，甚至制造混乱。一些国家不是就因颁布不当法令，而引起社会动荡吗？当引以为戒。

昨天

惊天动地

喜怒哀乐

睡了一晚

过眼云烟

早起

平心静气

新的开始

还是早上好

五十八章

在乡野，一镇一村，家各有其俗，人各有其性，形形色色，似小国。曾见的，村里乡里，有些人特别爱计较，与家人计较，与外人计较，与大的计较，与小的计较，与伙计计较，与同行计较，与族人亲戚计较，争祭祀之先后，争牌位之左右，凡事必计较，鸡毛蒜皮，一草一木，分分厘厘，计较得让人心酸、使人心散，计较得众叛亲离，计较得一生心烦意乱，得不到任何便宜，成不了事业，到头来形单影只，成孤苦。从另一层面，也例证了"其政察察，其民缺缺"。甚"察察"，以自己主观臆断为标准，唯我独尊，这个不行，那个不是，太刻薄，挑这个刺，找那个碴，喊喊嚷嚷，天无宁日，谁愿意共处？从而"缺缺"多多，抱怨多，意见大，口碑差，心离神散，团体成散沙。

相反，有些人心胸大大的，脸憨憨的，待人诚诚的，目光远远的、正正的，好像"闷闷"的，无心思计谋，不声不响，不寻不找，不攀大不嫌小，然而，善善得善，善信得信，以心换心，"其民淳淳"，相遇之人也是淳朴的，且聚者众，拥戴者多，无心事，没啥烦心事，欢欢喜喜成大事。

宇宙之大，有谁"察察"得清。唯有胸怀世界，目极天下，五谷杂粮都是粮，苦乐、善恶、美丑，都装入肚，融融消化，才富有营养，无祸有福。不可像老鼠，目寸光，多漂移，多迷离，一出洞，寻食磨齿，挑食糟蹋，无定物，啃这柜底，咬那箱角，登灶台，上灯台，为一口食、一滴油，图一时之快，坏了一锅粥，去了一条命，此是福是祸乎？正像老子所说："祸兮福之所倚，福兮祸之所伏。"老鼠只顾嘴，贪食乱啃滥咬，爱"察察"，极短视，却无视捕鼠器在旁。

事物总是变化的，没有绝对的东西。"正复

为奇，善复为妖"，正的会变成邪的，善良会转变成恶，像封建军队，本来是除暴安良，没有思想锤炼，没有纪律约束，最后成了军阀，成了军痞恶霸，危害一方百姓。

福与祸，正与邪，善与恶，对立双方总是变化的，"其无正"，实在没有定数。然而，"人之迷，其日固久"，人们对此迷惑，由来已久。环顾周围，总有人乐极生悲，人生总有因祸得福或因福成祸。

"是以圣人方而不割，廉而不刿，直而不肆，光而不耀。"所以说，有道的人方正而不生硬，有棱角而不伤害人，直率而不放肆，光亮而不闪耀刺眼。以平常心，走平静路，无须峰峰谷谷，不必光芒四射，可看喜马拉雅山高峰，不能心比天高，还是做平平凡凡人。"不割""不刿""不肆""不耀"，不伤人，也不被人所伤，平安喜乐。所以说，唯有方方正正、本本真真、光光亮亮，唯有平凡、平静、平和，脚着地，无落差，既正方向又正能量，才能实实在在向久远。

宝剑

斩妖驱魔

防身护体

但不能拥剑自坐

五十九章

　　人们做诸多工作，比如射击演练，总是告诉自己：聚焦！再聚焦！瞄准！再瞄准！就是把目光、心力聚之一点，聚精会神，视线、准星、靶心在一条直线，屏住呼吸，扣动扳机，不能影响精气所向，一发即精准击中目标，争取一次尽善尽美成功。就像以精气神铸剑，以达到一剑封喉的效果。"治人、事天"，瞳孔不能发散，眼神不能漂移，心思不能想入非非，精神不能无端消耗，"莫若啬"，没有什么比爱惜自己精力、心神更重要的了。

　　"夫唯啬，是谓早服。"爱惜精力、心神，应当趁早、从小做好准备。成长路上，发现一些人智商不低，甚至很是灵活，但是，上课精力不集中，老开小差，坐不住，屁股摇来晃去，脚抖抖，手动动，眨眨眼睛，贫贫嘴，人在教室，心在游戏天涯，作业不认真，成绩总是挂红灯，无心学业，常逃学，直至辍学。皮肉幼嫩，羽翼未丰，早早走向社会，前途可想而知。

小小少年，浪费了精力、心力，用偏了心智，荒废了学业，影响了事业，当强而不强。少壮不努力，老大徒伤悲。少年强，家强，国强。因此，教育重在树德育人，可谓"早服谓之重积德"，教育孩子早立志，早奋发，激发为中华崛起而读书，锤炼志气、骨气、底气，以青春之我，奉献青春之民族、青春之国家。

"重积德则无不克"，早立德，重立德，立大德，事无不克，没有什么不可以成功。凡事皆可成功，"无不克则莫知其极"，攻无不克，战无不胜，无所不能，就有无法估量的力量。"莫知其极，可以有国"，力量无穷，能量场巨大，德沐旷野，可以有自己治理得了的地方，一家、一族、一个单位，乃至一个区域。

德行天下。"有国之母，可以长久"，具有治理一个区域的大德、根本，就可以长久。

厚德载物。"是谓深根固柢，长生久视之道。"这就是根扎得深，柢生得固，能够长治久安的大道。

小树

不敢想

成参天大树

而年轮有心

细细密密

一圈一圈

开长即是回归

向上长高一年

向内增加一圈

圈多多

树高高

根深叶茂

六十章

老子曰："治大国若烹小鲜。"治理大国，好像煎煮小海鲜一样。小海鲜，即小鱼、小虾、小蟹、小贝螺，等等。煮得好，味道多鲜美，可下饭，可入酒，可大口进肚，可细嚼慢品，都令人回味。煮不好，焦焦碎碎，糊糊烂烂，色香味全变，碍观感，难下咽。

烹煮小海鲜，关键是一次成熟，下锅不折腾。比如，小丁香鱼、小虾米，放在竹篓或竹篓，水滚开，入锅，大火，煮熟，即一次捞起，不能搅拌、倒腾。又比如说，煎煮小杂鱼，油锅烧热，放入小鱼，单面煎，七成熟，加入酱油、蒜、葱等佐料，盖锅，一熟即装盘，鲜香四溢。再比如说，小虾、小螃蟹，洗净，清蒸最是上乘，煎炸、烧烤，破坏其形、其象，看不清其本色，尝不到其本味，得不到其本真的营养。小海鲜之小，以大锅烹之，以一锅煮之，一次熟之，一盘装之，不易其形，不变其味，自然而成，自然而得。

"小鲜"之小，唯大是为。

所以说，"以道莅天下，其鬼不神"。用大道来治理天下，鬼也不起作用。"非其鬼不神，其神不伤人"，不是鬼不起作用，即使发生作用，也不伤害人。"非其神不伤人，圣人亦不伤人"，非其发挥作用不伤害人，关键是掌握大道的人不伤害人。大道至简，行大德，使阴阳和顺，不至于阴盛或阳盛而产生"鬼"和"怪"，天下无"鬼""怪"，无阴谋，无阴招损招，无伤害，国泰民安。

正像老子所说："夫两不相伤，故德交归焉。"两不相害，互不伤害，德润大地，复归大道。

下海

逢鱼虾

上山

遇虎豹

下海上山非所愿

逢见遇见乐所见

心安神定

脸笑笑

脚顺道

六十一章

试看山川江河。江河长长，百溪归入，奔流不息，下流之位宽广、开阔，以承接海之大。山多呈现锥体状，下大上小，山顶多依靠山底之大、之实，山底可承山顶之托、之重。所以，老子曰："大国者下流，天下之交，天下之牝。"大者常处下游、下位，在天下交接之处、阴阳交合之地，永远在最雌柔的地方，如山之底，如江海交汇处，平静、柔和。

因为"牝常以静胜牡，以静为下"，雌柔常以安静胜过雄猛，而安静才可以处在下位。也可以说，总以下位居者，多不争，多寂静，道行深，静观世事变化，不轻易出手、亮剑、显威，一旦行动，常以智取胜，可降妖伏魔。

试看世界风云变幻，历史车轮滚滚向前，

一条不变的规律，"大国以下小国，则取小国；小国以下大国，则取大国"。大国谦下，就可以取得小国的信赖；小国谦下，就可以见容于大国。于国如此，人也如此。大人不自以为大，笑嘻嘻，放低身段，常怀善意，行善举，多施甜点美食，亲和力强，小的就愿意追随、跟从。小孩讨巧，多笑脸，常依偎，多甜言蜜语，这个姨姨美美，那个叔叔帅帅，得到的奖赏就多，糖果吃不完，玩具尽童趣。"故或下以取，或下而取。"所以说，大者，或以谦下取得信赖，小者，或以谦下获得悯爱，大者小者皆大欢喜，各有所获。

实际上，"大国不过欲兼畜人，小国不过欲入事人"。大者，不过想得人心，集聚人才人物；小者，不过想入人眼让人欢心，以事事人，以事见真诚。"夫两者各得其所欲，大者宜为下。"就是说，大者小者都可以得到所愿所想，大者应当谦下，欲成大者，更宜谦下。

口大气粗

越使劲

越成空

只剩嘴硬

嘴硬

幼稚病

被叫停

六十二章

　　老子反复言道、说道，道可道，非常道，玄之又玄，似乎说不清，道不明。何为道，其实简单得很，一阴一阳之谓道。阴阳和合，天人合一，人循天道人情行事，这是最大的道。万物皆有道，虾有虾道，蟹有蟹道，大象不游于兔径，尊重每个生命之道。尊道、敬道、循道、行道，阴者走阴道，阳者走阳道，道不同不相为谋，不强行改道，不随意串道，顺顺当当走应走之道，不背道，不违规，当无过，应无错，那就是赢家。

　　能否成为人生赢家，关键之关键是识"道"。这里所说的"道"，非有形之道，非公路、铁路等，若只是认路，那简单，一般人都可认路。识"道"，是识形而上之"道"。一阴一阳之谓道，讲好讲，而真正识之，却难之又难，因为每一个具体场景，何为阴，何是阳，有的阴遮阳，有的阳盖阴，阴中有阳，阳中有阴，且阴阳在变幻，非具眼力、心力、功力，不好识得春风面，不好把握冷与热，因此，"道"又成了奥秘，"道者，万物之奥"。就好像一棵树，树喜阳光，而阳光烈烈，树则枯死。树需水滋润，而长期遭水淹浸，则根须烂。适度的光，适宜的水，适合的土壤，树才可生根生长，枝繁叶茂。而"适度""适宜""适合"，因树因地因时而变，非一成不变，唯精确拿捏"适度""适宜""适合"之"适"，才能把握种树之"道"，掌握种树规律。可见，识"道"之难。

实际上，"道"是自然大法，是规律，是法则，是顺天应人之法，大公无私，无论对何人，都不加害，都普遍适用。只要识之尊之行之，就会有收益。比如说，磨刀不误砍柴工。不管是木匠，还是樵夫，尊此道，都能省工省力提效。以此延伸到其他行当，把读书学习当作磨刀，天天研读，磨刀霍霍，也一样大大提升功效，书中自有黄金屋。所以说是"善人之宝，不善人之所保"，善人珍重敬重，不善人也要保持护持。就好像大海之灯塔，无论大船小船，铁甲船木构船，都得视之如神灯，按照它指引的方向航行，才能安全到达彼岸。

现在正进入"初伏"，就来说说"三伏天"。"三伏天"是古人认识自然，依照历法，总结了"夏至三庚便数伏"。通俗的说法就是，从夏至后第三个庚日起，至立秋后第二个庚日前为止，分为"初伏""中伏""末伏"。"冷在三九，热在三伏。""三伏天"，阴气受阳气所迫藏伏地下，特别是南方天气，高温、高湿、气压低、风速小，闷热。面对夏日炎炎，人们在生产生活中找到应对之策，比如说"伏"，要明白天气太热宜伏不宜动，少野外活动，当处阴凉之处，尽可能多休息，多清闲，多静少动。比如，热而忌快速冷却，不宜暴喝冷水冷饮。又如，宜吃清凉之食，凉拌、清蒸是最佳烹饪方法。再如，西瓜、黄瓜、冬瓜、丝瓜、番茄等瓜茄类果蔬，利尿补水，是首选祛暑食物。食物要富有营养，易消化，少油腻辛辣，少烟酒。此类经验之言、生活良策，无论是善人还是不善人，都应遵从。

"美言可以市尊，美行可以加人。"世人无人不知，良言一句三冬暖，优美的话语，让人心生感动敬重；良好的行动，令人心动使人加持。"人之不善，何弃之有！"即使是不善之人，怎能舍得抛弃它呢？"美言""美行"，谁会恶对，谁会愿意和对自己好的东西过不去！令人敬重的，普遍遵守的，那是大德，那是人之道。

"故立天子，置三公，虽有拱璧，以先驷马，不如坐进此道。"所以说，天子即位，设置太师、太傅、太保三公，献璧玉等珍宝，驷马齐驱，祭祀场面巨大，不如行大德，奉此道。对人美言美行、善心善意，以百姓之心为心，百姓自然众星拱月。

"古之所以贵此道者何？"自古以来，人们为什么对"道"如此重视？"不曰以求得，有罪以免邪？"不是说有求皆有所得，罪也可以避免吗？这里值得注意的是，罪可避，不可免。已犯罪，既成事实，只能求得宽恕。让人宽恕，只能以功赎罪，尊道尽功，无它途。可避，重在犯错犯傻之前，行正道，著正功，修正心，让百毒不侵，比如说，躲在书房读心读史，与圣贤对话，最起码的，就会躲过风雨，免听闲言碎语，远离是非，那就不遭罪。

"故为天下贵。"这就是天下人尊道贵德的缘故。

谁能离开道

脚离道

无路可走

走路

常问道

六十三章

　　当下人们做事，常预设许许多多功利，目的性太强，急功近利之心太切，有的甚至力所不能及，最终只能是无功而返，甚至折本而归。

　　世界的演化，亿万年渐变，山河分分合合，时间嘀嘀嗒嗒，一切都是水到渠成。像一条河，汇细流，滴水成河，顺山势，弯弯曲曲，奔腾翻浪，归入大海。而河从哪里拐弯、哪里入海，不是预设的，也不是谁能安排的，而是顺其自然。

　　人生百味，而最纯正的味道是本味。去饭店酒楼用餐，如果是本心本意，没有过多奢望，有吃就行，生煮熟，就能吃，那厨房捧出的每一道菜，就都是美滋滋的，吃得眉开眼笑。然而，生活中也常见一些客人，非要厨师按自己口味配特色菜，要添这个料，要加那个味，添来加去，最后四不像，酸甜苦辣非自己所欲，终不欢而散，不乐而归。因为厨师非自己，酒店也不是自己的家，无法随本心本意，即便再有财力权势，也不能做到想啥味就啥味。就是同品质食材，味道也因厨师而异。比如说，刀工粗细，食材入锅先后，佐料多少，何时大火，何时文火，出锅时间节点，皆细之又细，具体又具体。人们通常都有相对固定的理发师傅，偶尔变故，怎么千交代万交代新师傅，即便拿出原有发型照片，也不可能理成原来的样子。人变，心异工异，从而味道异。唯有自己亲自掌勺，才可一刀一勺随心所欲，大火小火精到操作，浓香淡味适合口味。而指指点点厨师，非己所为，强人所难，因而得不到所要的美味佳肴。

因此，一切随缘，"味无味"，上哪家酒店就吃哪家味，无须添油加醋，另起炉灶；可以根据酒店菜谱点菜，"为无为"，不用特地变花样加菜，另谱新曲，唱新歌；不要没事找事，应"事无事"，酒店怎么煮，自己就怎么吃，无须过问干涉厨师既定的烹调方法，逞强逞能，好当老大，强人所难。

讲究一切随缘，水到渠成，可以说是"零欲求"，这是做事做人的基点，也是人生坐标的原点。凡事由此而起，从最基点做起，坚持"大小多少"，大的生于小，多的出于少，这样每一点点，都是收获，都有喜悦，都能自我激发。哪怕遇到殆运，处于基点之下，在人生负区，坚持"报怨以德"，触底而力所能及垫垫脚，丝丝增高，顺势反弹，尽早回到基点，向善向上，储蓄正能量，成就大事业。像股市一样，跌破心理底线，在坐标的负数区域，应当坚守，充满期待，积极应对，等待大盘大势转机，争取从负向正，等待由绿转红，获得最大利益。

所以，正像老子所说："图难于其易，为大于其细。天下难事必作于易，天下大事必作于细。"攻坚克难，着眼于易，找准突破口，从薄弱处扩大战果，乃至攻城略地。怀远大理想，欲做大事，要从细微、点滴做起，比如说，设计高楼大厦，需要一笔一画，建设摩天大楼，需要一砖一瓦，专注笔画相连、砖瓦相接的每一个细节之处。天下难事，必定是从容易开始；天下大事，必定作于细微之处。就如万里长征，一步又一步，一山又一山，一岭又一岭，当好宣传队，做好播种机，行千里，致万里，不畏艰难，正像毛主席诗云："红军不怕远征难，万水千山只等闲。五岭逶迤腾细浪，乌蒙磅礴走泥丸。金沙水拍云崖暖，大渡桥横铁索寒。更喜岷山千里雪，三军过后尽开颜。"长征伟大胜利，江山红遍，神州欢颜。

实际上，世事皆不易。尽观事业有成者，没有不是心细如发，"举轻若重"，同时又无不是处变不惊，"举重若轻"。因为"多易必多难"，把事情看得太容易，困难就会更多。"轻诺必寡信"，大事难事，轻易承诺，轻率表态，不达目的，口号喊得震天响，势必失信满街坊。

正因此，老子曰："是以圣人犹难之，故终无难矣。"有成就的人，遇到事情，总是重视困难，不忽视问题，极力解决问题，就没有问题，终究没有困难了。"是以圣人终不为大，故能成其大。"始终不自以为大，能做细微之事，敢面对天大难题，进得了厨房，有心柴米油盐，上得了厅堂，倾力顶梁立柱，所以才能成就大事。

穿衣吃饭

小事一桩

小事当小心

吃不干净

多生病

穿不整洁

损形象

六十四章

　　任何事物的变化，先是量的积累，到了一定程度，发生质的飞跃，总是经历从量变到质变的过程。最初的量变，渺小之渺小，像堤坝之一蚁穴，九牛之一毛，微乎其微，堵一蚁穴，拔一毫毛，神不知，鬼不觉，无关轻重，未影响大局。"其未兆易谋；其脆易泮，其微易散"，还达不成质变，容易谋划治理，小小一空蚁穴，脆弱，细微，不堪一填堵，容易消解，一堵就好。一个堤坝，若仅有一空蚁穴，那状态是稳定的、安全的，"其安易持"，这样的安全是容易维持的。当然，最好不要有蚁穴，更不能有多蚁穴，"为之于未有，治之于未乱"，平常要多预防、多检查，采取一定措施，治之蚁穴未生之时，像扁鹊的大哥，善于治未病，从而不可能出现溃坝之乱象。

人的成功，很重要的是，要有火眼金睛，具有见微知著的能力。治乱，防微杜渐。促成，集腋成裘。知之至微，能够析微、辨微、锄微，对毒苗病菌，尽早除灭，不能因小失大；对新生事物，多予浇灌、呵护、培育，悉心促其成长，终将至大。因为"合抱之木，生于毫末；九层之台，起于累土；千里之行，始于足下"，大树生于毫末，高台起于堆土，行千里始于一脚一步。

所以，做事需要循序渐进，讲究水到渠成，"为无为""事无事"，不能胡作非为，否则，将以失败告终，正像老子所说："为者败之，执者失之。"强力妄为，定当失败，偏执一根筋，必定行不通，而中途消失。"是以圣人无为，故无败；无执，故无失。"所以成功之人，不妄为，就没有失败，不偏执狂热，就不会掉进冰窟，失去常温。

如前述，从量变到质变，是一个过程，非一蹴而就。实际上，人活的就是一个过程，就像马拉松，欲跑全程，当均匀分配体力，还得有坚强的毅力，否则难以到达终点。"民之从事，常于几成而败之。"许多人做事情，总是快要成功的时候失败，或在于"大意失荆州"，或在于对变化觉察不精，或在于无法忍受苦难，或在于缺乏毅力不坚持，或在于精气神不足。行百里者半九十，"慎终如始"，按照既定计划，保持初心，如履薄冰，慎之再慎之，坚持再坚持，直至终点，"则无败事"。难能可贵。

"慎终如始"，并非易事。老子告诫曰："欲不欲，不贵难得之货；学不学，复众人之所过。"能做别人所不喜欢做的，不贪求难得的财货，学习别人不愿意学的知识，学习无为清静，也就是比常人有更多的坚守，更严的自律，更高的素养，则不会再走常人常犯之错路弯路。"是以圣人""以辅万物之自然，而不敢为"，这样，就会辅助万物自然生长而不会妄加干预。

人有何患

点滴毫厘

一滴水

可摔死人

一毛不拔

不透气散人气

行百里半九十

最后一步别大意

一鼓作气

六十五章

　　古人很注重家训、家风、家教。古往今来，有福之家、成功之家、人才辈出之家、代代兴旺之家，都有引人上进的家训，淳朴从善的家风，严慈策励的家教。从未见，哪家教子孙偷鸡摸狗、好吃懒做，而后代有出息、业能兴旺？"古之善为道者"，像一个好领导、好长辈、好家长，"非以明民，将以愚之"，不是教人家智巧伪诈、鸡鸣狗盗之术，而是教导淳朴厚道、老老实实做人，做一个"愚人"。人们常说，傻人有傻福，事实的确如此。环顾四周，憨憨的、纯纯的，不要阴谋诡计，不争不斗，和善为人，融入环境，人生无忧，笑笑走到最后，成了人生赢家。而使奸要滑，结党营私，令人心惶惶，像一只恶兽，会搅得山林不得安宁。也因此说，

"民之难治，以其智多"。智巧虚伪多，奸臣逆子多，家之祸，"国之贼"。家风淳朴，民风淳厚，政风纯正，乃家之幸，"国之福"。

人在世间，当认识"以智"和"不以智"对人对事的结果、结论，明白其中的规律、法则。"常知稽式，是谓玄德"，心中常常明了这样的法则，就是"玄德"。此"玄德"，也就是大德，对于如家长之带"长"的人物，极为重要，影响至深至广。人们常说，兵熊熊一个，将熊熊一窝。将具"玄德"，军必有风范，定有长胜之师，所向披靡。

"玄德深矣、远矣，与物反矣。然后乃至大顺。""玄德"深且远，与万物复归淳朴纯真，与道同行，不相违背，然后才能顺利，顺应自然。

是物

本真本质

真诚朴实

明此法则

与万物同道

走大道

大顺

六十六章

　　山丘处上，江海处下，水总是向低处流动。

　　"江海所以能为百谷王者，以其善下之"，之所以一切河水溪流能汇聚江海，因为江海处下位，低海拔，肚量大。百流顺大流，汇集于江海，自然成江海之大。能成大流者，一般处下，有容量，万水趋之、归之。人性亦如水，人们都愿意向谦下者靠拢，向德厚者聚集。有多少人真心愿意，高不可攀而非要登之，脸难看而非要视之，拒之于千里之外而非要亲之近之。若有，也是极个别冒险者、极限运动者，多以失败告终。没人不喜欢谦恭、低调、善心善意、宅心仁厚之人。

　　因此，社会中人气旺、凝聚力强者，"欲上民""欲先民"，当了领导，尽做表率，甘走前列，"必以言下之"，必定言语谦下，总一言三冬暖，"必以身后之"，必定先人后己，把自己的利益置之身后。"处上而民不重"，尽管居高位，却不给人家压力，不增添人家负担。"处前而民不害"，处人之前，没有威风凛凛，没有龇牙咧嘴，无意伤人，不令人害怕。"是以天下乐推而不厌。"所以，人们都乐于拥戴，甚至崇拜，紧紧追随而不厌弃。

成功者，总是低调、低调、再低调，"必以言下之""必以身后之"，不唱高调，不计名利，"以其不争，故天下莫能与之争"，从不与人家争，人家也不会和他争，因而就没有纷纷扰扰。

俗话说，祸从口出，病从口入。盛气凌人，言语刻薄，多招祸害。贪美味，图难得之货，吃饱还撑着，消化不良，病自生。不争口舌之利，不争身名之誉，不争财货之聚，就像躺着睡觉，可梦蝶心欢，谁能与之争。不争，无忧矣。愈争，忧愈多，甚至没完没了。不妨笑看《禁画》：

江海所以能為百谷王者以其
善下之是以能為百谷王
是以聖人之欲上民之先
以其言下之之莫欲先民之
光以其身後之故居上而
民弗重也居前而民弗害
也天下皆樂誰而弗厭也

柯少庵

在一堵刚刚刷新的外墙上，主人为了防止他人乱涂乱画，便在墙上特意写了醒目的五个大字：

"此墙不准画！"

不料，第二天在墙面上多了五个字：

"为啥你先画？"

主人生气地在下面添上一句：

"只有我能画。"

谁知第三天那人又回应了一句：

"你画我也画。"

主人看后怒发冲冠，狠狠地写上一句：

"看谁敢再画？！"

想不到，第四天的早晨大家又读到新句：

"不画就不画！"

……

人活着

多少无奈

像血缘与肤色

与谁争

唯有内求

像篮球巨星迈克尔·乔丹

让"黑"变成球场上的一种美

六十七章

　　天大、地大，"天下皆谓我道大"，道确实也大。"道可道，非常道"，道玄之又玄，是众妙之门。"道"是思维，是方法，是规律，是法则，是思想，是精神。"夫唯大"，因为它广大，"似不肖"，不像具体的事物，也不是具体事物。"若肖，久矣其细也夫"，如果是具体事物，那"道"早就显得细微、渺小了，如微尘，被时光湮灭。

　　具体事物，具体对待，以器对器。非具体事物，非器具，那得有非常之举善待，必须是形而上的，大道行之，大理念、大思维、大精神，必须以心相许、以情相待，而非具体动作。心灵之门，当有精神钥匙开启，当有神圣守护。

　　老子曰："我有三宝，持而保之：一曰慈，

二曰俭，三曰不敢为天下先。"我有三件法宝，掌握并且保全它：第一是慈爱，第二是俭啬珍惜，第三是不敢非自然地居众人之先。

"慈，故能勇"，慈爱所以成武勇，在于慈爱多生怜悯之心，养家国情怀，自觉奋勇前行。近的说，像父母，为了子女啥都愿意付出，直至生命。远的说，像不期而遇宅心仁厚的大侠，路见苦难，奋不顾身相救。坏的说，像至危之人，将死其言也善，有的会以命立功抵罪，有的会奉献一切，哪怕千刀万剐。好的说，像英雄、圣贤，悲天悯人，慈爱生天地情怀，敢于赴汤蹈火，鞠躬尽瘁，死而后已，行大义于天下，为百姓谋幸福。

"俭，故能广"，俭啬所以能宽广，在于节省资源，不透支，不负债，以有限用之无限之中。对自己，珍惜身体，珍惜家庭，珍惜机会，珍惜岗位，且行且珍惜，会走得更远；对同事朋友，珍惜情义，团结友爱，多予少取，不内斗内耗，携手天长地久；对自然，珍爱一草一木，不巧取豪夺，和谐相生，山高水长，天地不老。

"不敢为天下先，故能成器长"，不敢摆在天下人面前，所以能成万物首长，在于坚信道法自然，有福自来，有精神内涵，就会有行动外延，持之以恒，功到自然成。更为重要的是，凭自力自胜，着眼长久长远，不硬拉长脖子争出头、不好大喜功摆在众人的前面，不急功近利，不抢功显威，无碍人，不伤害，待到功成时，必然受拥戴，成了众人之长。像跑马拉松，凭实力，靠毅力，均脚力，无须中途抢位显摆，跟着跑，随群跑，最终凭能耐，先抵达终线，赢在最后，人皆信服，众人欢呼，岂不快哉！

"今舍慈且勇，舍俭且广，舍后且先，死矣。"现在舍弃慈爱而求武勇，舍弃俭约而求奢广，舍弃谦下而求名利在先，不具内功德行而先得到，享不起，受不了，自然早衰先亡。舍"三宝"，"且勇""且广""且先"，好高骛远，就像断线的风筝，无法自保。比如说，有的假仁慈，假善举，假借宗教信仰，假修道，假渡人，无所不用其极而坑人谋利；有的忘掉俭朴本色，铺张奢侈，讲排场，讲气派，不顾身体整容拉皮，透支财力穿金戴银，花花绿绿，虚虚晃晃，追求轰动，吸引眼球；有的不愿处人后，尽管能力差，内涵薄，但不服输，不服气，不踏实修炼，非要丢人现眼，在人前游游晃晃，抢位谋利，凡此，内心不够强大，没有根基土壤，必以失败告终。没有实力、人格魅力，莫居核心位置。

"夫慈，以战则胜，以守则固。"仁慈，以此征战就会胜利，以此防守就会巩固。仁者无敌，无敌仁者，仁慈者，终得仁慈。

所以说，"天将救之，以慈卫之"。天要救护谁，就佑其仁慈，以仁慈来护卫他、护送他、成全他，与道同行。

心慈

天助自助

手软

惜物惜福

退让

道长路长

六十八章

国人无不知晓，毛主席用兵如神。敌强我弱，红军无所畏惧，避敌锋芒，开展游击战，遵循毛主席指出的"敌进我退，敌驻我扰，敌疲我打，敌退我追"等战略战术。因此，红军战无不胜，攻无不克，直至取得中国革命胜利。

"善为士者不武"，善于做将帅的，不爱逞武勇；"善战者不怒"，善于作战的，不轻易被激怒；"善胜敌者不与"，善于战胜敌人的，不会与敌人硬打硬拼。红军游击战上述"十六字诀"战术基本原则，是老子思想的生动实践，是运用战争规律的经典范例。"不武"，善谋，而不逞强好斗；"不怒"，能忍，而不争一时之气；"不与"，求不战屈人之兵，不短兵相接、逞匹夫之勇，而是"你打你的，我打我的""打得赢就打，打不赢就走"，打则赢，打必胜，积小胜成大胜，直至全胜。

大家都知道，以战止战，以战促和，备战为不战，批判的武器，不能代替武器的批判，"枪杆子里面出政权"。战争，无论凭软实力，还是靠硬功夫，打胜仗是硬道理，战而不胜都没有道理。战争胜负不仅取决于武器，还取决于天时地利，更取决于人。

观天时，察地利，知彼知己，排兵布阵，开枪放炮，攻城略地，都得靠人。防，靠人，众志成城，成铜墙铁壁，牢不可破；攻，靠人，一鼓作气，气冲霄汉，所向披靡；谋，靠人，预则立，万事俱备，不欠东风。因此，善将者，将人。"善用人者为之下"，善于用人、聚人者，情怀高如天，胸襟宽似海，谦下处下，可纳百川，从而群英荟萃，龙腾虎跃。"是谓不争之德，是谓用人之力，是谓配天、古之极"，这就叫作不争之德，这就叫作用人的能力，这就叫作符合自然法则。

"不争之德"，符合自然法则，是大德。人

要生长、发展，必须有和谐环境。对外，柔软身段，和气相待，不针锋相对，不争眼前利，不吃眼前亏，即便武功高强，也不擅露拳脚，人不犯我，切不可任性犯人，真心诚意，满脸和善，让人无忌，以求顺境，趁势发展。对内，一家、一族、一个团队，自己人，自己的事，一家人不讲两家话，目标一致，都是为了整体利益。若刚愎自用，容不下不同意见，争来争去，争得人心散，争得英雄负气出走，聚不了人，形成不了合力，成事不足，败事有余。

实际上，战争的最终胜利，非靠战争本身，非凭借原有的实力，而在于顺时顺势顺气，在于聚物聚人聚神，且顺且聚，人努力天帮忙，弱小而能强大，渐大无比，无以匹敌。

看云识天气

心有天文地理

干啥都可以

六十九章

两拳师对决，老道拳师一般不轻易出手，还且行且退，身手放松，若无其事。新手，耐不住性子，噼噼啪啪三斧头，挥拳猛打，很想一拳击倒定胜负。而终局事实表明，姜还是老的辣。

老拳师深谙用兵之道："吾不敢为主而为客，不敢进寸而退尺。"不先采取攻势，不主动出击，而是采取守势，处客位，随主变，看着出菜，探知品味；不敢轻易进一寸，而是能退就退，退避三尺，避开尖矛利剑。隐身，示弱，能喘息，省心力，调气息，静待时机，一旦反击，出其不意，令人窒息。

"是谓行无行，攘无臂，扔无敌，执无兵。"这就叫作有阵势，有道道，好像无架势招式、无能无策的样子；头点点摆摆，手臂晃晃闪闪，腰腹摇摇曲曲，好像无法抬举臂膀的样子；面对敌手，好像什么都没有看见，视之若无；掌有兵权，握有兵器，好像手无寸铁，无兵可用。

兵，国之重器，不可轻易示人。君不见，社会上一些人常秀肌肉，耀武扬威，横行霸道，皆难有善终。

当然，避战、示弱，非心中无战，应当时时备战，有备无患，以战止战。"祸莫大于轻敌，轻敌几丧吾宝。"轻敌会丧失一切，奇货珍宝，直至身家性命。就像刘蜀大意失荆州、失街亭，丢的不仅仅是一城一池，也不仅仅是关乎个人性命前程，而是关乎江山社稷。

军事常理，两军相逢，勇者胜，因此冲锋陷阵，常一鼓作气，奋勇杀敌。视敌如仇，有血性，勇猛精进，此乃军人本性。血气方刚很重要，还有一点极为重要："抗兵相若，哀者胜矣。"那就是，两军实力相当，哀兵必胜。这里所讲的"哀者"，并非是因伤亡而悲哀，笼罩在悲悲切切气氛之中，而是主动作哀状，自退墙角旮旯处，展现"为客""退尺"之姿态，似乎"无行""无臂""无兵"，好像技不如人，境不如意，气势低迷，早早站到底线，作弱势状，做危亡准备。知败无败，自哀无哀。站在悬崖边，怀底线、极限思维，机会更多，余地更大，前途更广阔。像"刚而自矜"，将自讨苦吃，也贻误大事。

　　少做主

　　做主费神

　　多为客

　　座上宾

七十章

　　现实中常见，活得通透的人，吃不挑剔，穿不讲究，常以步当车，身无赘物，形无叠影，来无声势，去无回响，不显山，不露水，与物随形，与人和合，与事通达，心无挂碍，坦坦然哉。

　　何以如此？"被褐怀玉"，穿着粗布衫，却怀着无瑕美玉，满腹诗书，满脑智慧，满心仁慈。此可谓真人不露相。就像济公活佛，鞋儿破，帽儿破，身上的袈裟破，酒肉穿肠过，墙根能躺，屋檐能睡，可斗鸡，敢戏狗，赶着鸭，追着鹅，向天歌，摇头晃脑，疯疯癫癫，哪有不平哪有我，摇摇破扇，谈笑间化忧愁，举手投足救苦难。

　　能有如此造化，重要的是"言有宗，事有

吾言甚易知甚易行而天下
莫能知莫能行
言有宗事有君夫唯
無知是以不我知
知我者希則我貴是以
聖人被褐而懷玉

老子句
廣溪柯少巖

君"。"言有宗"，就是说，自己有透彻的感悟，悟得透，想得深，讲话有宗有旨，理念先进，话语睿智，晓之以理，动之以情，妥妥说服人。"事有君"，就是说，做事有根有据，合乎天道人情，遵从公序良俗，行忠孝仁义。

当然，"言甚易知，甚易行"，好像讲了很容易明白，也很容易做到。但是，讲到容易做到难，知行合一难。"天下莫能知，莫能行"，没有多少人能明白其中义，并记在心上，更没有多少人能知之并实施之，知之者少，知之并践之，那就少之又少。

正常人，可学能学，做到"易知""易行"，就像幼童学讲话、学走路，那是成长之本能。而何以有那么多人，"莫能知""莫能行"？这就是人之为人者，主客不融合、主客之争，你是你，我是我，你讲你的道，我做我的事。这也是太有个性的人，难以团结在一起的原因所在。也因此，我们老祖宗追求天人合一，主张主客融合同一，大行不争之德。唯不争，不过多凸显主体，客体才会转化、融化到主体之中，真正做到内化于心。主客融合，心灵契合，知音易得。但是，自古以来，人们无不感叹，千里难寻一知音，高山流水才可遇知音啊。

因人性使然，"夫唯无知，是以不我知"。因为不愿意听取别人的意见，不想明白其中道理，所以就不了解我的用意所在。如果说心不在一起，非同心同德，那就不必讲太多道理了，讲了也白讲，有的甚至"对牛弹琴"，何须浪费口舌。

"知我者希，则我者贵"，能了解用意者少之又少，能效法跟进的更是难能可贵。

因此，一家、一族、一个团队，统一思想、统一意志、统一行动至关重要。坚持系统观念，追求整体利益，践行不争之德，才可实现统一。

满塘莲花

人人夸

根植污泥又如何

老天安排就合理

不妨叶含露珠

向阳一笑

七十一章

喝醉酒的人，最爱重复说的话就是：谁说我醉了，我没醉，我没醉，我能喝，我还要喝，我没醉，我没醉……

同样，精神病人，基本不承认自己患病，不愿就医看医生，以致病越来越严重，然而，还是坚持说："你们才精神病呢！我没病，我没病……"最后家人邻里不堪其扰，只好强行送精神病院。

当然，上述仅是特例，醉了，说没醉，病了，装没病，而社会此类现象甚多。"不知知，病"，不知道却自以为知道，那是毛病，那是缺点。人之为人，都愿意比别人懂得多，比别人强，这无可厚非，这也是人性使然。但是，不能为了逞能、逞强，耍刀弄枪，花拳绣腿，走江湖卖膏药，不知当知了，不懂装懂，忽悠愚弄百姓；或一知半解，而强以为知，到处王婆卖瓜，自卖自夸，甚至挂羊头卖狗肉，以专家之名招摇过市，做足派头；或身有疾，德有缺，行有陷，却强作欢颜，文过饰非，硬是不承认自己有毛病，甚至人都快不行了，还是遮着盖着，自欺欺人。病重了，无药可治，命没了。"不知知，病"，自己害自己。

人当有自知之明，自知者强。

苏格拉底曾说："我只知道一件事，就是我一无所知。"此话震撼古今。

"知不知，上"，知道自己有不知道的，那是最好的，值得崇尚。把已知或略知一二的，当作不知，不知而使劲知之，不懂的千方百计弄懂，不会的想方设法学会，知之不多力争知之更多，日积月累，充实自我，提升自我，完善自我，扩大内涵，强大身心，正气足足，邪气微微，病也远离。

所以说，"夫唯病病，是以不病。圣人不病，以其病病"。贤达之人，一般不生病、少毛病、少缺陷，他平常总是正视毛病，承认缺点，把问题当问题，那就会去解决问题。正因为如此，所以就毛病缺点越来越少，直至没有毛病缺点，渐成完人。一个人，最怕自视高，总看自己长处不看短处，从不认为自己有缺点、有问题，感觉很好，不正视小问题，不见微知著，一出问题就是大问题。就像有的人从不注意身体小毛病，一旦发现，就是大毛病，患大病。

古之圣贤，见贤思齐，一日三省吾身，思接千载，反观自己，查找不足，正视之，接受之，改进之，以树立完美人格，达到"不病"境界。

常患小病

把病当病

知病治病

久病成良医

无大病

七十二章

革命时期常说，哪里有压迫，哪里就有反抗。实际上，这是矛盾学说的具体表现。矛盾无处不在，既对立又统一，有压迫，有反抗，这是对立，不可避免，凡有矛盾，对立不可避免，通过反抗，解除压迫了，人翻身得解放了，自由全面发展了，没有矛盾了，达到了统一。

无论是自然，还是社会，压迫反抗，矛盾对立，这种现象都存在，似乎成了法则。像牛顿第三定律，作用力和反作用力，势均力敌，正负相等。又比如说，生产力和生产关系这个基本矛盾运动，推动人类社会向前发展。生产力与生产关系总是处在矛盾运动之中，生产力发展了，生产关系就不适应了；不适应了，就要变革，以适应发展；新的发展，又有新的不适应，又需要新的变革，以解放生产力，在矛与盾对立统一中前进在历史大道上。前进不了，矛盾加剧，就会"逼上梁山"。

像梁山泊中林冲等众多好汉，受尽强权欺压，不得已，走投无路，被迫起来反抗，那就"不畏威"，不畏惧威压，"则大威至"，官逼则民反，根基不牢地动山摇，那可怕的祸乱就发生了。

老百姓是天，老百姓是地，老百姓是上帝。民为邦本。为政，以民为中心。千金难买近邻，相处，当睦邻善友。无论处何时何位，"无狎其所居，无厌其所生"，都不能逼迫人家不得安居，都不能阻挡人家谋生的道路。

"夫唯不厌，是以不厌"，只有不压迫人家，人家才不会感到压迫，也就不会反抗。因此，做事为人，都得善心、上心，以心交心，善对人，善对事，用上心，尽到意，好心好意，发出正气正力，得到的也自然是正气正力，播善心善念越多，得到善行善报就越多，就像播良种，终至必得善果。否则，有正因无正果，矛盾不统一，作用力和反作用力不均衡。换位思考为人好，人人都叫好。

老子告诫曰："是以圣人自知，不自见；自爱，不自贵。"所以说，贤达之士，求自知而不求自我表现，求自爱而不自作高贵，自己觉得了不起。"自知"，知道自己几斤几两，特别是明白自己短板弱项，就会扬长避短，以自强。"自爱"，当爱己达人，有大爱，爱天下，敬天敬地敬万物，爱来爱返，以得众爱，众爱而贵。就像母慈子孝，世上没人不说妈妈好。

世人当引以为戒，"去彼取此"，舍去"自见""自贵"，保持"自知""自爱"，传承千载，享福万代。

过河

拆桥

没有了回头路

不厌修桥铺路

心通

路通

七十三章

在罗贯中著的《三国演义》中，张飞艺术形象活灵活现，是武人，是猛将，酒气冲天，声如巨雷，威风刮起"长坂大喝"，怒冠横须"据水断桥"，万人敌，吕布曾一度忌惮。然而，张飞粗暴，如民间谚语：张飞拆桥——有勇无谋，张飞上阵——横冲直撞，等等。张飞酒醉常怒鞭士卒。刘备曾告诫，经常鞭打健儿，又让其左右侍奉，这是取祸之道。后果然被手下所杀。陈寿评价说：飞暴而无恩，以短取败，理数之常也。

司马懿，鹰视狼顾，率三军纵横三国，勇而能耐，不打无把握之仗，哪怕错过空城，而笑到最后，陪曹魏四君，奠基西晋王朝，民间俗话说："三国全归司马懿。"罗贯中评价曰：

"开言崇圣典，用武若通神。三国英雄士，四朝经济臣。屯兵驱虎豹，养子得麒麟。诸葛常谈羡，能回天地春。"

史家评价，文学家艺术塑造，多带有主观因素，未必完全真实，但有一点是相同的，就是让人们以史为鉴，看了剧中戏，评鉴戏中人，感悟戏中理，发心向善向上，演好戏外戏。

张飞威猛，虎啸狮吼，横刀立马，万人之敌。然而，常暴怒，醉则乱鞭横飞，无恩于下，终至败，正像老子所言："勇于敢，则杀。"而司马懿，勇而能屈能伸，知进退，当属于"勇于不敢，则活"，勇而柔弱就活得好，既传事业于子孙，又益寿长命。

"勇于敢""勇于不敢"，"此两者，或利或害"，这两者勇的结果，或有利，或有害。"天之所恶，孰知其故？"天之所厌恶，谁能知道它的缘故呢？"是以圣人犹难之。"圣人都难以说得明白，可谓天意难测。司马懿、张飞，只是特例之特例，不具普遍性。但有一点是肯定的，狭路相逢勇者胜，这是胜一时、胜一事，胜在狭路之际。勇者胜，是不是长胜，胜在平常，胜到最后，终身胜算，那得靠勇者的智慧，还得靠天时地利，靠六方和合，一切都得遵循自然之道。"天网恢恢，疏而不失。"自然之道广袤无边，稀疏而从不漏失。人不负苍天，苍天定不负人。

所以，老子说："天之道，不争而善胜，不言而善应，不召而自来，绰然而善谋。"自然的规律，不争斗而善于得胜，不说话而善于应答，不召唤而自动而来，淡定安然而善于筹划。可见，道法自然，尊重自然规律，原来怎么样就怎么样，不强争，不恶斗，无须招牌广告，比如说，安如泰山，不争不言不语，历来攀登祭拜者如潮，风景这边独好。

天之道，如此，因为"天网恢恢"，处在无边无际的宇宙星空，每一个星球，各归其道，都有其运行的轨道，不相犯，相互辉映，寰宇闪烁。否则，星星相撞，天翻地覆。人之道，也如此。把人的活动空间放大，眼光放长远，在宇宙空间、历史长河来看一人一事，极其渺小。明白自己渺小的存在，一粒微尘不可能变成小星星，争又能如何？再说，如彗星，虚幻争耀，划破天际，也就一闪而过。如北斗七星，定位定向，永续存在，且老少皆知。天晴朗，满天星星，是隐是现，就看其本质。若乌云密布，光芒均不得见。因此，凭本质，循天道，该闪烁都会闪烁，就如此而已。那又何苦瞎争呢？"不争""不言""不召"，人会更舒服些。人生苦短，怎么舒服就怎么做，该得的也都会得到。因为"疏而不失"，只要凭本真本性本能做事，老天不会错过谁。

青山　碧水　蓝天

你　我　他

都是生态环境

清风　明月

漏了谁？

不请自来

何不快哉

七十四章

　　俗话说，穿鞋的怕光脚的，光脚的怕摆烂的，摆烂的怕不要命的。如果生命都不要了，那还怕谁呢？"民不畏死，奈何以死惧之？"人若不畏惧死亡，又怎么用死亡来恐吓呢？无所谓死，也就无所谓生，那其他的一切，也都无所谓。人生两头，一头出于生，一头连着死。人一出生，就意味着死，没有人有生无死。人的生命长度有限，一般情况下，生得越久，离死亡就越近。人趋乐避苦，生得越好，越害怕死。若是生活无法过了，那生就不如死，对生就失去信心。因此，对惜生者，当惜之、成之。对生不如死者，当爱之、帮之，尽一切可能让其善生，特别是执于一念者，一根筋，想不开，当想方设法入其心，以思想作梯，以慈爱赋能，引其上路，向远方，走出困境，福报一生。俗话说，救人一命，胜造七级浮屠。就是这个理。

俗话说，好死不如赖活着。尽管人生于世活于世，皆不容易，但是，绝大多数都渴望生得长长久久，不愿意老去、死去。善的，希望精神纯粹，转世升天以不朽；恶的，企图淫威弥漫，霸道欺世以留名。人"常畏死"，是普遍现象。"为奇者"，为非作歹者，一样怕死。因此，对"为奇者"，"得执而杀之"，应当把他抓起来杀掉，杀一儆百。"孰敢？"谁还敢为邪作恶呢？

任何社会，都有"为奇者"，但毕竟是少数。对此类人的研判划定，必须精准又精准，处罚必须审慎又审慎，不能扩大化，能少不宜多，能轻不宜重。"执而杀之"易，而杀气所及，怨气不易消，构建和谐难，社会代价大。实际上，循大道顺天道，"常有司杀者杀"，让经常专管杀人的人去杀。小时候，看到村霸恶棍，横行乡里，很是气愤，很想打抱不平。村里的老者总是劝说，人敌不过，收拾不了，天

· 285 ·

会灭他，等着看吧。也就是让天道这"司杀者"来杀。确实，从长远看，村霸恶棍都混得不怎么样，后代多无出息。人在做，天在看，天道最公道。

俗话说，替天行道。替天，必须天有授意。行道，行的必须是天道。行得通，必须业务精到，始终沿着正道。不能假借天意，走旁门左道，无章法挥舞大刀。天道运行，道中有道，懂道者布道，无伤不败。所以说，"夫代司杀者杀，是谓代大匠斫"，代替专管杀人的人去杀人，就等于代替木匠去砍木头。"夫代大匠斫者，希有不伤其手矣"，代替木匠砍木头的人，很少有不伤手的。专业事，专业人干。

非专业，非行道，瞎干乱做，到头来只能是累了自己，伤了自身，就像非猎手，而要捕杀凶禽猛兽，穷追猛打，结果可想而知。

什么比命大？

人皆命大

非天道所定

当是

不拔人之毫毛

何苦不讨好

又费力

七十五章

老子曰："夫唯无以生为者，是贤于贵生。"

阅历史，看现实，确实如此。"贵生"之人，有的精致利己主义，不为他人拔一根毫毛；有的极力贪求奢华，所用追求世间极品；有的生活很是讲究，非美食美器美宅美服而不为；有的很注重保养自己，涂厚脂抹艳粉，拉皮整容，花巨资免疫强身，追求长生不老，等等。如此如愿者，世间几何？君不见，生活愉悦幸福、鹤发童颜者，多在民间乡野。

"无以生为者"，不过多关注生命的本身，而是顺其自然，遇到什么吃什么，有什么用什么，不刻意要这要那，不贪天之高地之厚，凭自然，享天然，赤脚能走，布衣能穿，枝叶可烧饭，野菜可充饥，茅屋能安枕，风来听天籁，雨临观珠帘，雪飘赏散花，何不逍遥！如此生活状态，"贤于贵生"，自然比过分看重自己生命的人高明。"无以生为者"，不被物所役，不被外在所左右，自己快活，且不役物，不累人，不伤人，不害人。无害无怨，必多助。

过于追求"贵生"，为自己可不惜一切的一切，比如，古之魔头可用人体炼丹，恶霸可鱼肉百姓，汉奸为自保可陷人于不义。苛刻所需，苛刻所具条件，难免苛刻待人处事，累己，也累人。"以其上求生之厚"，处上者妄求"贵生"，所要东西过于奢侈优厚，无尽吞噬财货，逼得人无法生计、走投无路，生不如死，"是以轻死"，所以被逼之人就不会怕死了。

"以其上食税之多"，处上者吞食的税赋多，横征暴敛，盘剥欺诈，弄得田瘦、渠干，草谷不生，"是以饥"，弄得饥寒交迫，满地苦饿，哀鸿遍野。

"以其上之有为"，处上者肆意强为、妄为，拍脑袋，瞎指挥，出主意非民意，雷声大，雨点小，扰人多，益人少，因此顺从者就少，"是以难治"，难以聚心聚力，难以管理治理。

过于"贵生"，没有纵横思维，只求索取，不兼顾前后左右，宁可负天负地，也不负自己，没有宽松度，强行狠兑，所及皆累。累人者，也必为其所累。"民之饥""民之难治""民之轻死"，食不果腹，不怕死，为生存而抗争，矛盾激化，不可调和，强权无效，事多不达，直至崩盘，最终负天负地，也负自己。

台风来了

树倒路断怨天吗

照镜子

丑陋怪父母吗

梅花生苦寒

香自来

有无奈

顺着来

自安排

挺可爱

七十六章

　　道法自然，世间万物，自然而然生，自然而然存，自然而然穿越远方，自然而然走到终点。生者，柔软；存者，柔软；向远方，也柔软。"万物草木之生也柔脆"，新生草木，嫩嫩弱弱，向阳竞长，迎风摇摆，多姿多彩。草木渐黄，叶僵僵，枝硬硬，秋风萧瑟，枯槁而亡。

　　"人之生也柔弱"，婴儿柔柔弱弱，嗷嗷待哺，咿咿呀呀，人见人爱，童真无欺，"柔弱处上"，学着爬，扶着走，强筋健骨，能奔善跑，风雨不惧，走天涯。"强大处下"，走着走着，腿不灵，腰生硬，脖子僵直，目光呆滞，脑袋固执，只记过去而不问将来，老之至。

　　所以，老子曰："坚强者死之徒，柔弱者生之徒。"僵硬的东西，属死亡之类；柔弱的东西，属生长之类。这是铁律，万事万物皆如此。

"是以兵强则灭，木强则折。"因此，用兵逞强，战力不足非要摆出阵地战、对攻战，就将招致灭亡。木高大，木质化严重，不会灵活摇摆舞动，大风一来，不会顺势起伏，硬堵风口，必遭受摧折，甚至连根拔起，抛之荒野。"兵强""木强"皆是"死之徒"，当引以为戒。俗话说，扁担太硬不能挑重担。挑重担，当有韧性，当具弹性，不能直绷绷，不能硬碰硬，弱弱柔性，微微起伏，均匀节奏，韵韵律动。挑着担子，爬坡过坎，高低上下，迈步起伏，呼吸喘气，舒张胸脯，吐故纳新，畅快挥汗，汗滴润土，地也舒服。

人行世，当善待"生之徒"，正视、善待新生事物，不能视之如无物，珍惜所见，珍惜相遇。对新事物，多做浇灌、施肥、养护工作，厚爱一层，护送一程，促其成长成才。而对自身，读有字书，察无字书，悟天地人间大书，常常以新思想武装头脑，常洗脑换脑，推陈出新，理念有新意，工作有新招，作风有新气象，何时何地都有新身段、新风采。

今天写此章，正是癸卯立秋。立秋，阳气渐收，阴气渐长，阳盛向阴盛之转折点，万物开始从繁茂成长趋向萧瑟成熟。"秋，禾谷熟也。"成熟，意味着枝叶开始枯黄、生硬，此时，不可任性，因此，秋当收，以成果。果壳坚硬，又保护、孕育着新的生命。"生之徒"不断轮回，生生不息。

只要活着

一切苦难或委屈

如树之摇摆

树干越柔软

受伤越少

新生可能性越大

七十七章

　　小时候，放牛山野，常带着弹弓，随手射麻雀。麻雀，色杂，个小，灵活，低飞，蹦蹦跳跳，叽叽喳喳，尖嘴乱啄，多糟蹋谷物，形象不佳。因此，麻雀在最开始被列为"四害"之一，人人可抓捕，捕捉方式多样，有网罗、捣巢、射捕等。小孩主要是弓弹射捕。有时在投林中射，有时朝空中飞射。遇见麻雀，随手拾小石为弹，或站着侧射，或迈弓步正射，或单脚跪仰射。弹弓随麻雀而动。"高者抑之"，高了，放低一点。"下者举之"，低了，抬高一些。麻雀飞近了，"有余者损之"，好像弓拉得过满，就放松一些。麻雀飞远了，"不足者补之"，担心射不着，稍稍加力，拉紧一点。麻雀或上或下，或高或低，或近或远，或飞或停，被它搞得团团转，手忙脚乱，有的急急射弹，有的盯准发弹，有的锁不住目标，移动举弓，迟迟不发弹，折腾得眼疲劳、肩臂酸。天高任鸟飞，或急射或慢射，或低射或高射，也常放矢而不中的，空手而归，多有感叹。

"天之道，其犹张弓与？""天之道"，不就是像拉开弓弦瞄准射箭一样吗？弓好拉，而瞄准不是件容易的事，就如弹射麻雀，高低远近，俯俯仰仰，射中的没有几只，收之囊中的就更少。把准"天之道"，实属不易。然而，"高者抑之，下者举之；有余者损之，不足者补之"，有一个自然的规律，就是"损有余而补不足"，减少有余，用来补给不足。这个自然的规律，就是老子说的"天之道"。

俗话常说，老天关掉一扇门，又会开启另一扇窗。比如，聋哑人，眼睛就特别明亮；盲人，耳朵就特别灵敏；腿脚不健全，手臂灵活有力。所以说，天道自衡，天不负人。

天如此，而人呢？老子曰："人之道则不然，损不足以奉有余。"人之道，也就是人的自然法则，却不是这样的，是剥夺不足，以供奉有余的人。哲人常说，劳动创造价值。而资本家雇佣劳动，剥夺了劳动者的剩余价值。还有，地主购买土地，雇佣农民生产，农民兄弟布衣、粗饭、茅屋，而地主老爷绫罗绸缎、山珍海味、庭院深深。人世间，恃强凌弱，巧取豪夺，富欺贫，大压小，如此不公正不公平的现象，还在持续发生。"人之道"应当对标"天之道"，以实现天人合一。

"孰能有余以奉天下？"谁能把有余的东西拿来供给天下人的不足呢？资本家做不到，地主老爷做不到，土豪做不到，小资做不到，私心杂念者做不到，张扬招摇者做不到。"唯有道者"，只有有道的人才能做到。有道者替天行道，与道同行。圣人天下为公，贤达兼济天下，能臣鞠躬尽瘁，英雄江山忠骨，慈善者济贫救困，良民田园牧歌自食其力，这就是道者行"天之道"。

这也正像老子所说："是以圣人为而不恃，功成而不处，其不欲见贤。"有道行的人，遵循

"天之道"，做成事情而不自恃自己能耐，有所成就而不居功自傲，肚子有货而不想向人表现自己的聪明才智，但有责任发挥潜能禀赋。实际上，向人家炫技逞能，是不自信的表现，或者内存不足，靠卖狗皮膏药来凑。人有几斤几两，无须自吹自擂，人们在共事共处中皆知底细。"不恃""不处""不欲见贤"，就是应当不哼不哈，内敛修心，埋头苦干，功著大地，积德储能，但行好事，莫问名利、前程。

天生我才

必有用

用何处

以有余

补不足

七十八章

　　水，随物就形。形圆则圆，形方则方，形扁则扁，形百样，状百样，不计境况，不问出处，不管前程，可上天，可入地，随处安然。泥土可渗，硬板可透，缝隙可入，人畜可喝，草木可汲，热则成汽，冷则结冰，风吹腾雾，日照起虹，临屋檐似珠帘，遇悬崖一跃为瀑布，逢小溪涓涓成细流，顺山川江河转悠，沟沟坎坎，弯弯曲曲，归入大海，从此无声无息。可见"天下莫柔弱于水"，天下没有比水更柔弱的。

　　另一方面，水至柔，也因此至刚。任何事物都有两面，水也一样。柔，是在储蓄能量，也就是外圆内方，不断在强化内涵，锤炼内心，韬光养晦，待时而发，发则如箭，利不可当，一箭穿杨。像滴水穿石，必须有源源不断的水源，储蓄足够的水量，坚持不懈地滴，持续滴水如钢针，最终才能磨破穿透。像一支精锐部队，如特种兵，必须受尽磨难，什么苦头都能吃，多少险重都能承受，敢与猛兽为伍，能与蛇蝎共枕，悬崖勇攀，险滩抢渡，饥寒交迫、弱肉强食，风雨交加、日夜兼程，不达目的誓不罢休。可谓至柔练就过硬功夫，首战有我，战则必胜。正是"攻坚强者莫之能胜"，冲击坚强的东西，没有什么更厉害的，更有胜过的。换句话说，"其无以易之"，没有什么能代替的。

　　所以，老子曰："弱之胜强，柔之胜刚，天下莫不知，莫能行。"实际上，弱能胜强，柔能胜刚，没有人不懂，可是没有人能实行，落实到行动中去。说实在话，知而莫能行，并非不愿行，而是"弱之胜强，柔之胜刚"并非易事，不是想做就能做成的。比如，一个人高马大，一个弱不禁风，两人对决比拼，好像根本不可比，不在一个量级。而后者能胜前者，别无他途，唯有创新方法，以智取胜，不能靠强打硬拼。因此，形体弱，必须有智，靠软实力。就像田忌赛马，田忌客观条件不足，重视排兵布阵，劣负优，中克劣，优取中，三局两胜，以弱胜强。客观条件差，就得靠创新方法，靠软实力。

人行走于世，都有"弱"项，都有"柔"处，当正视柔弱，接受客观条件的不足，不惧困难，卧薪尝胆，发挥聪明才智，聚心聚力谋划新思路、创造新方法，以小小"金钥匙"来开启坚固之大门，去争取最大的胜利，实现苦难辉煌。

"是以圣人云：'受国之垢，是谓社稷主；受国不祥，是为天下王。'"因此圣贤说，能够承担国家屈辱的，才配做国之君主；能够承受国家灾难的，才配做天下人的君王。人生路上，蚊子苍蝇不会少，"垢"和"不祥"自然有。只有容得下，有当其无，或忍辱负重，或熟视无睹，有时需要咬紧牙关，和血吞牙，坚定不移走好自己的路，才会获得美好的境界，像"社稷主""天下王"的自由天地。

"正言若反。"正面的话好像反话似的。

其实不然，不见风雨哪有彩虹。没有经历苦难，没有积累处理急难险重的经验，是难以胜任重担的。就像肩膀，没有经历扁担年复一年的碾压，没有经过量的逐渐增加，不可能负重前行。凡人，都需要量的积累，逆境练毅力，顺境增信心，既有毅力又有信心，反复摸爬滚打，遇事不惑，面对世事辛酸，懂得知天命，从而快乐生活。

人们都吃饭

因为深知

不吃饭会饿死

人们不接纳老鼠

总觉得

老鼠多恶习

因此吞不下

而浪费了一锅粥

七十九章

　　俗话说，再补不如原样。物品破损，补起来总留有痕迹，没有原样纯真完美。像人体长瘤或做手术，伤口愈合了，也总有疤痕。物质层面如此，人的情感也是如此。人闹矛盾，骂街、争吵、动粗、干架，伤了自尊、伤了感情，后来即便摒弃前嫌，和好了，但也不可能如初，难免有芥蒂，不愉快之事会时隐时现，"和大怨，必有余怨"，和解深重的怨恨，必然有余留的怨恨。因为历史总归是历史，伤痛总归是伤痛，是忘不了、抹不掉的。

　　"报怨以德"，"安可以为善"？无论如何以德来报答怨恨，怎么算是妥善处理怨恨呢？就像骨折，再好的骨科医生，用再先进的医药器械，接好愈合，总有痕迹。最好没有骨折，没有骨折比好技术要好得多。因为骨折总有伤痛。怨恨总是怨恨，历史的怨恨也是怨恨，最好没有怨恨。人们总希望有个光辉的历史，因此一路多种善因，尽可能不留怨气、怨恨，以结多多善果。

人在世上行走，无论何境地，居上位也好，处下位也罢，最好都赠人玫瑰，能给尽可能给，能多送尽可能多送，这样，一路、一世余香飘逸，利人利己。

"是以圣人执左契，而不责于人。有德司契，无德司彻。"所以，有道行的人，保存契约借据存根，而不强迫别人偿还债务。有德行的人，就像持有借据的有道行的人那样宽容。得理，当让人，手握借据，宽厚待人，多给周转余地，不逼不迫，不陷人于绝境，给人留活路。而无德行的人，就像征收苛捐杂税的人，那样尖刻、压迫、计较，如针芒，刺了别人，自己也断了。

因此，老子告诫："天道无亲，常与善人。"天之道，对谁都没有偏爱，却常常佑护善良的人。因为善良的人有德行，尽天道，遵循自然规律办事，自然会得到好的结果。天道酬勤，天道酬善。

何为善

三十而立　四十不惑　五十知天命

春生　夏长　秋收　冬藏

知道在哪里　干什么　去何方

与道同行

走正路

每天都试炼

八十章

2007 年底，有幸去德国培训学习，走了不少城镇。印象中，德国城市路灯明亮，少有夜景灯，晚上十点前娱乐场所基本打烊，没了灯红酒绿。每到周末，商店基本上不开门，居民不出门，少了许多人来车往，街道静悄悄。德国人的周末，多与家人一起，休养生息，或打理家什，或闲谈，或看书，或忏悔祈祷，亲情共度，过着简约生活，享受美好时光。

老子两千多年前，就构建"小国寡民"的理想国生活图景。国家小，人民少，"使有什伯之器而不用"，即使有各种器具、现代化设备，却并不使用，比如说不随身带电子产品，过着简约生活；"使民重死而不远徙"，使人民畏惧死亡，珍惜生命，删繁就简，而不向远方迁移，不瞎折腾。"虽有舟舆，无所乘之"，虽然有船只车辆，香车宝马，却没有必要去乘坐，多以步当车，悠闲行走；"虽有甲兵，无所陈之"，虽然有兵器装备，却没有找地方布阵显威，不炫耀秀肌肉；"使人复结绳而用之"，使百姓用如同上古结绳一样简单的办法来记事，简单简约，自己过好自己，无须记啥事。

若能如老子所愿去生活，守望自己，居家无事，唯有与自己对话，与圣贤交流，与家人闲谈，与现实闲聊，或躺床，或闲靠沙发，或在书房看百家书，或在院子里烧烤、烹小鲜，或在花园喝喝咖啡，或与草木、蜂蝶共逍遥，心无烦恼，也无所谓用什么办法来记事。世间繁华，于我"无所"。

这样，国家治理好极了，"甘其食，美其服，安其居，乐其俗"，饮食甘甜，衣服纯美，居所安适，风俗称心。"邻国相望"，国与国之间相互望得见，"鸡犬之声相闻，民至老死，不相往来"，鸡鸣犬吠声音都能相互听得到，而百姓从生到死，相互不纠缠往来，不把时间浪费在东家长西家短的是非八卦上。

"小国寡民"的现实图景，就像德国的周末，以家为单元，各家自娱自乐、自由自在，少串门，不逛街，互不干扰，互不影响，多静气，多养气，一门心思做好自己，过好自己。实际上，从现实来看，从做人来说，还是"小国寡民"的好。人生在世，不需要太多的交往，太复杂的生活。交往过多，生活过繁，泥沙俱下，鱼龙混杂，害多益少，自寻烦恼。

过去已去

将来未来

现在才是最好状态

可调适

可安逸

可改变自己

往往来来千万里

做最好的自己

不过接地极

一点一滴

八十一章

小时候，跟着父亲讨小海，父亲总叮咛，色彩斑斓艳丽、眼睛红红的河豚有剧毒，个越大，毒性越烈，不要捕，捕回，若不知者误食，会害人。隔壁厝一强壮单身汉，在家安安静静死去，后来人们发现，他为自我了断，吃了一只大花河豚。

人们也常发现，花纯色，有大香，如茉莉花、白玉兰等，天香沁心；花姿色妖艳，多有毒，甚至有大毒，如罂粟花等，花色耀人，但无香，而毒萌萌。

因此，观察问题，既观现象，又要看本质。世间事物，一般都有两面性，有得有失，有优有劣，有出彩有逊色。色纯，具天香；色艳，有国色，或可有毒；既有天香，又具国色，十全十美，天难全，物难具，世之少见。喜闻天香，当认可色单、形不俏。喜欢艳色，当看到无香或有毒的内在。

所以，老子说："信言不美，美言不信"，真诚的言辞不华美，华美的言辞不一定真诚。"善者不辩，辩者不善"，行为善良的人不会耍嘴皮巧辩，爱动嘴皮能言善辩的人不一定善良。"知者不博，博者不知"，真正有深刻见地的人，知识不一定广博，读书广博的人，不一定有深刻独到的见地。

现实中也确有其事。小时候经常看到在乡村贩卖狗皮膏药的江湖人士，即所谓"打铁敢"。此类人，一般两人以上结伙而行，在乡间房前屋后找一空旷埕地，摆几件看家器具，或刀或矛，或鞭或棍，一人敲起锣，吆喝助兴，其他人耍花拳绣腿，有的还故意出险情，弄成假伤，以博取同情、吸引眼球。待观众正看着热闹、起劲，聚集的人越来越多，善于言辞者，开始唾沫横飞，花言巧语，"美言"一番，说得天花乱坠，比唱的还好听，随即兜售"灵丹妙药"。

刚开始采取有奖贩卖，随之玩弄饥饿销售法，锣声急切，连声高喊："就剩下几个了，看谁动手快，看谁运气好，家备良药，无灾无祸！"同时察言观色，看中欲买又止的人，还假惺惺将药塞在他们手上，并说，剩下不卖了，就送了，或随便给个钱，做个好事，结个亲，认个门。有的村民为之所动，掏了羞涩的口袋，做了贡献。药到病不除，老实巴交的村民也无处讨公道。

现在网络空间，虚假广告满天飞，有的产品吹上了天，什么好词都用上，其实不然，"美言不信"，货到手，大失所望，物非所值。还有，一些所谓的专家，好像啥都懂，啥都会，这边开讲，那边布施，似乎有治世"锦囊"，实际并非如此，"博者不知"，涉猎广泛，并不精到，随意把脉，信口乱开处方，结果误人误事，成了"砖头"，砸了别人的头，也敲了自己的脚。

当然，上述说的主要是故弄玄虚，王婆卖瓜，自卖自夸，不真实，不真诚。如果是真心与人分享，自己"不积"，无私无藏，敞开心扉谈体会，交流所思所想，那就另当别论。"既以为人，己愈有；既以与人，己愈多"，尽可能在思想上引领人，物质上帮助人，反而自己内心更充实，精神更丰富，人生更通透，以达到心灵的和谐。这是符合天之道的，"利而不害"，有利于万物而不加害。有本事的人应当效仿天道，信奉"为而不争""利而不害"的准则，施舍万物而不与万物争利。正像庄子所说的："圣道运而无所积，故海内服。"

古人钟情三立

立功、立德、立言

非为己，重在立

立出信仰

立出善良

立出精神

心灵因此升华

从而快活如神仙

似得一者

天得一以清

地得一以宁

神得一以灵

万物得一以生

老子的人生哲学及其当今价值

　　中国古代哲学是主体哲学，强调以人为本、人是核心。人在社会中活动，会产生种种对人生问题的看法、思考，特别是对人生问题的哲学思考。老子从哲学高度提出"道"的概念。"道"是形而上的、非物质的宇宙本原、本体和万物的始因。"道"无所不覆、无所不载、自生自化、永恒存在。"道"也是老子人生哲学的基础，"与道合一"是人生的最高理想。老子把人性从传统天命论中解放出来，主张并强调人性的自然性和真实性，把人的本质归于自然、朴素、无为和虚静；主张因性任物、因民随俗、因变施化。老子追求虚静、柔弱、守雌、不争等人格理想，重视人个体生命，提倡以无为的心态去接应一切，让人生与自然之道保持和谐。老子的人生哲学，意涵深刻，对中华民族精神有着深远影响，其当今价值也不应被忽视。本文从老子哲学中的人与人生、老子人生哲学的境界、老子人生哲学的辩证法、老子人生哲学的当今价值诸方面论述问题。

一、老子哲学中的人与人生

老子哲学是以人为中心展开的。不深入地领悟老子关于人与人生的思想，就难以全面深入地领悟老子的人生哲学。

（一）合乎自然是人的存在方式

老子以合乎自然为人的存在方式。天地万物源于道，道的本性是自然。人既源于道，道之性也即人之性。"道"是一种先在，但它不是造物主，不是上帝。"道"并不在彼岸，它不仅与世间同在，而且这种同在并没有把"道"混于物，也没有将物泯于道。因为"物"一旦出现，便按照自己的原则取得了相对于"道"的独立性。什么是"物"？凡是存在的皆为"物"。因此，人自身也是"物"。人与作为物的天，与作为物的地，并没有什么不同。老子并没有给人和人的精神以任何超然的地位，相反，老子认为人是一定要服从大道自然的。老子说："天地不仁，以万物为刍狗；圣人不仁，以百姓为刍狗。"在老子看来，天地之于万物并无所谓仁与不仁的区别，因为天、地与祭祀用的用草编成的小狗一样，等量齐一，都是自然一物，服从着同一的自然法则，在这一点上，并没有上下、尊卑、贵贱的差别。同样，圣人之于百姓，也没有仁与不仁的区别，因为作为人的圣人、百姓也与小小的刍狗一样，都是自然中的一物，服从着同一的自然法则，在这个意义上，同样没有善恶、美丑、上下、贤愚、尊卑、贵贱的差别。老子还说："道生之，德畜之，物形之，势成之。是以万物莫不尊道而贵德。道之尊，德之贵，夫莫之命而常自然。"在老子看来，道、德均非人所专有。作为万物之一的人，与万物同享道生德蓄的恩惠，皆属自然，并无特殊的高贵。老子又说："道大，天大，地大，王亦大。域中有四大，而王居其一焉。人法地，地法天，天法道，道法自然。"老子把宇宙万物概括为道、天、地、人四大类。人是四类之一。道、天、地、人同为大者，作为物的存在四者是齐一的，并没有什么特异的差别，谁对谁都不具有特殊的优越性。人与地同法，地与天同法，天与道同法，而人、地、天所同之道法，也不过是自然自在的法则而已。这里表现着老子对人的基本观念，人是自然人，人是自然发生的，自然的产物。强调人是主体，提倡尊重人，以人为本。

人的本性是什么？老子认为"道"性自然。"道"是世界之源、万物之宗，万事万物恃之以成，循之以动。人性取法道性，人是自然之物。"含德之厚，比于赤子。蜂虿虺蛇不螫，猛兽不据，攫鸟不搏。骨弱筋柔而握固。未知牝牡之合而朘作，精之至也。终日号而不嗄，和之至也。"人的最深厚的德是什么？在老子看来，它就是人的生命之纯真、朴实状态和精神的安宁、恬静的境界。老子说，人的本性可比于纯真无知的婴儿，蜂蝎毒蛇不曾与之蜇咬，凶禽猛兽不曾与之搏击，骨弱筋柔的手却握得很牢固；不知男女之事，生殖之器却自然怒立，这是自然精气所至；终日号哭却不会嘶哑，这是自然和谐所至。老子的意思是，深厚的德，是远离事物的纷争而保持的最天然的本性。这是老子对他的人性是自然之性观点的描述。老子主张人要取法天、地、道之"自然"。自然人性的理想人格，在老子看来，是"处无为之事，行不言之教"的"道"的体现者。老子思考问题的重点是社会治乱，因此他从社会治乱角度立论，认为"小国寡民。使有什伯之器而不用，使民重死而不远徙。虽有舟舆，无所乘之；虽有甲兵，无所陈之；使人复结绳而用之。甘其食，美其服，安其居，乐其俗。邻国相望，鸡犬之声相闻，民至老死，不相往来"这样的社会才是理想的社会。同时，这也是老子所追求的风俗纯朴、没有君子小人之分、不会有战争征伐之苦、人与自然融为一体的社会境界。

老子没有、也不可能认识到，人从自然中异化出自然属性已经退隐其后，代之而为主的是其专属特性，即群体性、社会性，这是老子不可避免的时代局限性。然而老子认识到人是自然人，人的本性是自然物性，这已经是划时代的伟大的进步。

（二）人的自然生存本性中的"欲"

"人们为了'创造历史'，必须能够生活。但是为了生活，首先就需要吃喝住穿以及其他一些东西。因此第一个历史活动就是生产满足这些需要的资料。"① 马克思在这里虽然并未用"欲"字，但很清楚，他的意思也是要强调人的吃喝住穿这些具有自然属性的"欲"的合理性。老子认为，人生来就具有"为腹""为目"的自然属性。"欲"在老子那里，并不仅仅是人的心理状态对物的欲望，而有着更为宽泛的含义，包含着人对生活目的、生命价值、道德理

<hr/>

① 中共中央马克思恩格斯列宁斯大林著作编译局编译：《马克思恩格斯选集》（第一卷），人民出版社1995年版，第75页。

念、生活方式等思想理念性的追求，老子的欲有意识、意志、心理等意义的内涵。在老子那里，人的欲求是很丰富的，多方面的。老子说："是以圣人欲不欲，不贵难得之货；学不学，复众人之所过。以辅万物之自然，而不敢为。"所以圣人以不欲为欲，不以难得的东西为贵，学众人学不到的东西，而纠正众人的过失，能辅助万物顺其自然，而不敢枉自妄为。

显然，老子对欲的理解，不仅有物欲的内容，还包含着学习、顺从自然的意思。

人之有欲，是人现实地活着之真实表现。人必有欲，而人之为人，却不在于有欲，动物也有欲。人与动物的区别不在于欲之有无，而在于欲之宜与不宜，如《吕氏春秋·贵生》所指的，"六欲皆得其宜也"，这才是人生的最好境界。宜与不宜，既具有是否合适的含义，也具有是否合理的含义。因此老子的无欲是有其特定意义的。老子的无欲并不是禁绝人的有欲天性，并不是彻底地禁绝一切欲望，而是指人对欲望的节制。"见素抱朴，少私寡欲。"恪守朴素，少有私念，少生欲望。老子的这一句话，可以说是对他的无欲的注解，是老子无欲的真正含义。《荀子·正名》中有一段针对欲的议论，可以作为理解老子无欲的重要参考："欲不可去，性之具也。虽为天子，欲不可尽。欲虽不可尽，可以近尽也。欲虽不可去，求可节也。"人的欲望是不可能完全去除的，它是人的天性所具备的。虽贵为天子，其欲望却仍然没有止境，永不满足。欲望虽没有止境，然而可以克制其发生。欲望虽然不可去除，然而欲之所求却是可以节制的。就是说人的欲望是不可能根除的，但人能做到克制欲望的发生，有了欲望，可以节制对所欲的追求。老子的无欲与他的无为在用词方法上是相同的。无为不是什么都不做，不是无所作为，而是克服私偏之为，从自然之为而为。无欲不是什么都不欲，丧失欲念，而是节制私偏之欲，从自然之欲而欲。所谓从自然之欲而欲，也就是老子所说的"是以圣人欲不欲""我无为，而民自化"，这种思想的目的是充分运用人的自身力量，说明了人是手段，也充分体现了以人为本。

（三）人生的最高精神追求应当是求"道"

"道"作为老子哲学本体论的最高范畴，表达的是古代哲人的超越性理想和形上追求。老子的形上理论与西方的形而上学不尽相同。老子的形上理论最为突出的特点是，老子的眼光并不是去看与人类没有直接联系的沉寂的宇宙，而是一开始就将宇宙与人类置于一个整体视野之中，置于"道"的统御之下。因此，这个"道"，不仅是西方哲学意义上的绝对的实体或纯粹的客观存在，同时也是人的生命存在的价值本体，是人的精神和生活实践所应依从和趋同的最高原则。在老子那里，具有客观意义的道，同时也是一种从主体透升上去的宇宙精神。求道，应当是人生的最高精神追求。

"道"作为人生的最高精神追求，是"有"与"无"的统一体。它既无形无象、无边无垠，没有具体的规定性，又是确实存在的"有物"，因此，"道"不能作为一般的对象去感觉、去认识、去言说，而只能作为精神追求去体验、去直觉感悟。老子对"道"的种种描述和解说，都不是概念分析式的认识，而是对本体显现的直观把握或"透视"，是主体的自我省察和反观，这也就是"体道"。当然，这种"体道"的功夫，须建立在一种深厚的自我修养的实践活动的基础上。正如有的学者所说的："只有'修之身，其德乃真'的实践者，才会具有感同身受的呼应。"[1] 显然，在老子那里，"道"虽然可以当作实体来解释，却又不同于一般的存在；既可以当作绝对存在物来解释，却又区别于黑格尔的"绝对理念"[2]。虽然"道"不可能在现实世界中找到它的对应物，却又是无处不在、无时不有的，起着没有作用的作用，无所为而不为。"道"是老子所预设的逻辑起点。

道作为人生的最高精神追求就是要"复归于朴"。老子之道的自然无为既可合而言之，也可

---

[1] 熊春锦：《中华国学道德根》，中央编译出版社2006年版，第115页。

[2] 参见于涛：《继承还是巧合——黑格尔与老子两位哲学大师的千年神交》，《河北旅游职业学院学报》2001年第3期。

分而言之。合而言之：自然即无为，无为即自然，故曰自然无为。分而言之：自然是道的本性，也可称为道体；无为是道的运作，是人所应效法的，也可称为道用。在老子看来，自然无为乃支配宇宙万物的根本规律，也是人类应该信守的基本行为准则。天地万物源于道，道的本性是自然。人既源于道，道之性即人之性，所以人的本性也是自然，人应当回归到本真状态中来。因此，人的求"道"就是要"复归于朴"。"朴"是人的自然本性。追求自然、自在而自由，这不仅是性之本然、本真，同时也是人性的理想状态、人生的最高追求。有了这种智慧，中国人"即使处于极端困难之中，也不失望"①。老子哲学所要解决的基本问题是人类生存和发展的困境及其解救之途：在当时严重的异化现实中，一个人应当怎样真正地生活而不会被各种虚妄的价值所迷误？一个社会应当怎样才能为人的自由生存发展提供一个理想的家园

① 冯友兰：《中国哲学简史》，天津社会科学院出版社2005年版，第7页。

和一条可以通达这自由的理想境界的道路？无论是作为老子思想基本内核的道论还是其整个哲学都围绕着这一基本问题而展开，都与他对人的问题的这种关注紧紧地扣在了一起。老子哲学也正是在探索和解决这一问题过程中以"复归于朴"来回答这些问题。这种回答无疑是富于智慧的回答。

（四）人生的根本价值取向应当是自然无为

老子说，"道法自然"，"道之尊，德之贵，夫莫之命而常自然"，圣人"辅万物之自然而不敢为"。陈鼓应先生认为"自然"的观念是用以说明不加一丝勉强的成分任其自由伸展的状态。也就是说"自然"并不是指具体存在的东西，而是形容自己如此的一种状态。"自然"原指自然本身的存在和变动。这种存在和变动是自然而然的，不具有价值意义；但老子让它与"无为"相联系，从而与主体发生关系，就具有了价值意蕴。

老子思想中的"无为"，既指天地无为，万物自然生长；又指圣人无为，百姓自然运作。

这里，"无为"乃是"自然"的投影，"自然"则为"无为"的模本。无为与自然是二而一的。老子说："人法地，地法天，天法道，道法自然。""功成事遂，百姓皆谓'我自然'。"可见，自然是"无为"的内涵，"无为"是理性化的"自然"。很明显，此种意义上的"无为"，是价值应该的自然。无为作为价值应该是当然之则，是价值活动的同义词。无为的价值就在于它能创造价值。因此，无为不是不为，而是善为，是在无为指导下的无不为。所谓无为，含有不妄为的意思。对此，老子说了很多。譬如："居善地，心善渊，与善仁，言善信，正善治，事善能，动善时。""善行，无辙迹；善言，无瑕谪；善数，不用筹策；善闭，无关楗而不可开；善结，无绳约而不可解。是以圣人常善救人，故无弃人；常善救物，故无弃物。""善为士者不武，善战者不怒，善胜敌者不与，善用人者为之下。"善为，用老子的话说叫作"为无为"。将"为无为"作为人的行为的内驱力，作为人的活动方向，必然积淀为人的价值意向。

在此价值意向的范导下，人的行为便趋向于一定的价值目标，从而形成老子自然无为的价值取向。老子说："无为之益，天下希及之。"就是说，"无为"的价值（"益"）是天下任何东西都比不上的。可见，在老子那里，无为的价值大致呈现为两种样态，一是手段价值，二是目的价值。所谓手段价值，即通过无为的手段和方法来获致各式各样的价值，这叫作"以无为为之"。所谓目的价值，则是主体对某种需要得到合乎愿望的满足或者对所追求的确定目标得以理想地实现，这叫作"以至于无为"。

关于老子人生的根本价值取向自然无为，可以从以下三方面看：

1. 自然无为的政治取向

老子主张"以正治国"。正即清静无为，"清静为天下正"。怎样才能达到清静呢？那就必须摒弃各种贪欲，顺大道，法自然，不干扰，不强制，不胁迫，不妄为，使百姓安居乐业，自然而然地生活，达到"无为而治"的结局。用老子的话说，即是"我无为，而民自化；我好静，而民自正；我无事，而民自富；我无欲，而民自朴"。所谓无为、好静、无事、无欲，就是"为无为"；而所谓"自化、自正、自富、自朴"，就是"无不治"。因此老子说："为无为，则无不治。"可见，自然无为的政治价值是极为高贵的。它可以抑制人们的贪欲，缓解社会的冲突，解救人类的疾苦，使整个社会顺乎自然地运行。"侯王若能守之，万物将自化。""不欲以静，天下将自定。"否则，"侯王无以贵高，将恐蹶"。

2. 自然无为的功利取向

在一般人的心目中，老子是"绝巧弃利"，不讲功利或超越功利的。其实，这是一种误解。在功利问题上，老子同庄子有很大的差异。庄子讲"无功""无名""无己"，老子则讲有功、有名、有己。老子所讲的功利不同于世俗的功利，它是以自然无为为价值取向的功利。如果老子真的从根本上泯灭功利、摒弃功利，那就不可能出现他的"无为而治"的政治学说，"实腹""强骨"的社会学说，"无私成私"的人生哲学。实际上，老子所讲的功是以"无为"为手段所达成的最高功业。这个"功"既含有功绩、功效之意，也含有作用、效用之意。如他说，"功成而弗居""功成事遂""不自伐，故有功""功成而不名有""功成而不处"等。由此可见，老子是非常重视功业和功绩的。他鼓励人以"无为"去为，去做，去创造（"新成"），去发展（"自化"），去贡献自己的力量而不顾惜。同时，他又教导人们对待功业不据为己有，不自我夸耀，不主宰把持，不巧取豪夺。这样，才能建立丰功伟绩，"成其大（业）"，才能功绩永存，"夫唯弗居，是以不去"。

老子所讲的利也与世俗之利不同。世俗之利多指私利，而老子之利则为公利。所谓公利，乃指坦然大公（"容乃公，公乃王"）、"利而不害"，亦即"利万物"、利万民，"民利百倍"。这种利人、利物、不自私、不占有的精神，可说达到了极高的功利境界。这种境界不是泯灭功利、不承认功利和不要功利，而是在承认功利、达到理想功利的基础上对低层次功利的超越。

3. 自然无为的善、美取向

善作为一种道德价值，与恶相对。广义的善，泛指人的一切合乎目的的行为和事件。它既包括人的精神、心灵，也包括待人接物和处事；既有人生问题，也有人性问题。老子针对当时社会上人们道德沦丧的现象，提出了返璞归真的善的价值要求。如在心灵上，要人"虚其心"，不为纷杂的外物所干扰，做到"无常心，以百姓心为心"。在精神上，要"挫锐""解纷""和光""同尘"，从而达到"玄同"的境界。在接物上，要"少私寡欲""不贵难得之货""不见可欲"，不贪功，不窃利。在处事上，要"事无事""去甚，去奢，去泰"，要与世无争，等等。从而达到"上善若水""上德不德"的至善境界。总之，在老子看来，"有为"导致了道德沦丧、人性异化，"无为"促成了道德提升、人性复归。因此，无为之善的价值就其本质而言也就是人的自我实现的价值。

美是人的本质力量在客观对象中，合乎人

性的实现或对象化。老子的美论依附于他的道论。在老子那里，美是自然天成，是不雕镂、不文饰的自然美。因此，真正的美是来自自然的，它呈现为一种似有若无的状态，存在于恍惚朦胧之中，是"无状之状，无物之象"。由于大象不可以形求（"大象无形"），大音不可以声求（"大音希声"），所以"大巧"可夺天工之妙，但它"若拙"，即在自然无为中进行美的创造。"有为"则不然，它事斧凿，重雕镂，以铺排辞藻为博，以雕章琢句为美，追求"文饰"，丧失"质朴"，只能给人以感官刺激，不具有更高层次的审美价值。在老子那里，美与善似乎存在着一种先天的"血缘"关系，美就是善，恶就是丑。老子所说的"天下皆知美之为美，斯恶已""善之与恶，相去若何"似乎是否定美和审美的，但是对这两句话要结合《道德经》全篇思想来加以分析。该文全篇内容告诉我们，老子是围绕人生境界的是否实现而谈美的。在老子看来，人生境界没有实现之前，美当在被否定范围之内；而当"小国寡民"的社会理想或人生境界实现时，老子又赞美"甘其食，美其服，安其居，乐其俗"的日常生活的审美。可见，老子美学思想具有目的与手段、目的与过程互为转换生成的特点。认识到这个特点，我们就会较好地理解老子美学思想，更好地理解老子哲学中关于真善美不是孤立存在的，而是一个统一的整体的思想。照老子的思维进路，三者统一的基础就是自然无为。

二、老子人生哲学的境界

老子认为，至精、至大的"道"是没有形象的，所以认识"道"需要境界。具有"道"境界的人，必然使自己自然化、"道"化，从而与"道"同体。具有"道"境界的人生，本于自然，摒除一切私心杂念，达到像婴儿一样纯朴，有高尚的情操。下面对无名之朴、俭啬、寡欲、贵柔、戒矜、为而不有等老子人生哲学所倡导的境界做一些辨析。

（一）无名之朴

"道常无名，朴虽小，天下莫能臣也……

民莫之令而自均。始制有名，名亦既有，夫亦将知止。知止可以不殆。"老子以"无名""有名"将社会发展变化划分为两个历史时期。在"无名"之朴时，社会无须政令来管理，民众自然相安无事。而"始制有名"，也就是人类文化开始昌明，文物日盛，人们时时处处都在名相之中，为名相而争，却同时离道渐远。故老子深以为惧，屡欲归念于无名之朴。老子认识到，在这朴散为器的时代，未能返"朴"，则必须知止。或者说，在那"无名"时代，"朴"为道的基本特征，而在"有名"时代，则"知止"为道的基本特征。同时，照老子的逻辑，知止实际上就是返"朴"。何谓朴？《尚书·梓材》马融注："朴，未成器也。"朴同璞，未成器也，只是在玉曰璞，在木曰朴而已，在人则是浑然元善的天真，也就是无名。返"朴"，就是保持自己原有的实而不华的本质。而知止，就是不贪图浮华、文饰，无非分的欲望，从而就能够守住自己的内在本性。老子认为，在人类生活中，若能镇之以无名之朴，则"万物将自化""天下将自定"。然而，那些追逐名利之人，多逐末而忘本，要尽手段，相互间钩心斗角，争吵不休。他们却都是"求其名而不求其实"，名实不符。老子对于这种名实不符的人深恶痛绝，而强调人应首先以无名为重。他说"朴虽小，天下莫能臣也"，又说"知止可以不殆"。

老子的知止与返"朴"，都结为自然之道，归结为无名。老子曰："视之不见名曰夷，听之不闻名曰希，搏之不得名曰微。此三者不可致诘，故混而为一……绳绳不可名，复归于无物。"本来为一物，原应只有一名，然而与目接而一名，与耳接又一名，与手接而又生一名，是一物而三易其名，如果名有特定，名为专有，不可假借，那么既然名曰夷，则不应当名曰希，更不应复名曰微，故曰不可致诘。唯有混而为一。名自不能成立，故曰"绳绳不可名"。

可见，无名之朴，是老子人生哲学的一种境界。

（二）俭啬

老子把"俭"看作是三大基本德行之一。他

说："我有三宝，持而保之：一曰慈，二曰俭，三曰不敢为天下先。慈，故能勇；俭，故能广。"许慎《说文解字》中说"俭"为"约也"，即用而不尽用。老子所说的俭，在表层意义上，是在一切运作活动方面，包括财物使用、社会政治活动、劳心劳力等，都应适度，用而不尽用。在深层意义上，则是主体精神向朴素的道回归，而达到主体的自由。

《韩非子·解老》曰："聪明、睿智，天也；动、静、思虑，人也。人也者，乘于天明以视，寄于天聪以听，托于天智以思虑，故视强则目不明，听甚则耳不聪；思虑过度，则智识乱。目不明，则不能决黑白之分；耳不聪，则不能别清浊之声；智识乱，则不能审得失之地。目不能决黑白之色，则谓之盲；耳不能别清浊之声，则谓之聋；心不能审得失之地，则谓之狂。盲，则不能避昼日之险；聋，则不能知雷霆之害；狂，则不能免人间法令之祸。书之所谓治人者，适动静之节，省思虑之费也。所谓事天者，不极聪明之力，不尽智识之任，苟极尽则费神多，费神多则盲聋悖狂之祸至，是以啬之，啬之者，爱其精神，啬其智识也，故曰：‘治人事天莫如啬。’众人之用神也躁，躁则多费，多费之谓侈；圣人之用神也静，静则少费，少费之谓啬。"这样便把俭啬扩大到治人范畴，也就是人生观范畴。老子之"俭啬"，乃是回归朴素本性，绝圣弃智，以至于无为，更有其深层的意义。"治人、事天莫若啬，夫唯啬，是谓早服。早服谓之重积德，重积德则无不克，无不克则莫知其极。莫知其极，可以有国。有国之母，可以长久。是谓根深固柢、长生久视之道。"俭啬，对于个人是"长生久视"之道，对于国家、社会，是"长久"之道。"名与身孰亲？身与货孰多？得与亡孰病？是故甚爱必大费，多藏必厚亡。"因为贪得、不知足、奢侈靡费，不仅是个人的祸害，更是社会的祸害、国家昏乱的症候。俭啬，则民德归厚，国才可以长久。老子对"俭啬"的认识包含着十分丰富的人生真理。老子对"俭啬"的推崇，是以社会生活经验为依据，即使是在经济发达、物资丰富的现代社会，"俭啬"对人生的价值仍不可低估。

可以说，"俭，故能广"，这也是人生的一种境界。

（三）寡欲

俭啬与寡欲两者不可分割。如果把俭啬作为人的内在美德，寡欲就是美德的外部表现。如果人的嗜欲深，则其使用必流于甚奢泰，既入于甚奢泰，就谈不到所谓俭啬了。故俭啬必以寡欲之而后可。

欲是人行为的最基本动因。欲是欲望，欲望愈多，则狡诈愈出，精神一定不得宁静，必然伤身，正所谓"强梁者不得其死"。老子之人生哲学，要求最好达到"无知无欲"，也提出要"少私寡欲"。笔者认为，"无欲"和"寡欲"，并不是两个性质不同的命题。老子的"无欲"，并不像佛教"灭谛说"所说的那样，要灭尽一切欲念，灭除痛苦，最终达到解脱，进入涅槃境界。并且，就对待生活的态度而言，道家的学说和儒家的学说一样，都不是禁欲主义的。这是因为老子的"无欲"或"寡欲"所要祛除的，首先是放纵于声色淫逸之欲。他说："五色令人目盲，五音令人耳聋，五味令人口爽，驰骋畋猎令人心发狂，难得之货令人行妨。是以圣人为腹不为目，故去彼取此。"

老子所反对的，是淫逸放荡，纵情声色，所以他说："咎莫大于欲得。"而他所肯定的，是"为腹不为目"，仅是一形象说法而已，即不放纵于外在的声色物欲的追求之中，而满足于素朴的生活。老子又说"虚其心，实其腹"，也就是断绝人们妄想之思虑，同时又满足人们的基本生活需要。陈鼓应先生说："所谓'无欲'并不是要祛除自然的本能，而是消除贪欲的扩张。"①

老子一面反对淫逸放荡，一面褒扬自然朴素。他崇尚"有什伯之器而不用"的自然朴素的社会，认为这种自然纯朴的生活才是合乎人的自然之性的生活。"是以圣人欲不欲，不贵难得之货。"所谓"欲不欲"，即为欲众人之所不欲，

---

① 陈鼓应：《老子注译及评介》，中华书局1984年版，第74页。

也就是返璞归真。老子认为，这实际上是一个问题的两面。在人生修养上，不消解对外的声色物利的追求，就不可能回归自然素朴之道。而向自然朴素之道回归，也就必然摒弃贪得之欲求。

老子的"无欲"是极高的境界。这个境界就是能够克制个人对外物、权利等的占有欲，达到对人类社会有所给予，有所付出，而不居功自恃的境界。老子从正反两方面反复强调"自见者不明，自是者不彰，自伐者无功，自矜者不长"，指出"功遂身退，天之道"，认为"以其终不自为大，故能成其大"，因而是人能以一种超然于物外的心态对待外物，是人生摆脱役使物化，而无私无为，从而把人的精神引向"生而不有，为而不恃，长而不宰"的洒脱超然、廓然大公的境界。达到这种境界的人，又必然是一个回归了淳朴本性的人，实现了与道体合一的人。

（四）贵柔

《吕氏春秋·不二》曰："老聃贵柔。"这句话概括出老子哲学的一个重要特点。

　　老子以柔弱为人的处世之唯一法门，极言其利。他以天喻之说："天之道，不争而善胜。"又以水喻之说："江海所以能为百谷王者，以其善下之，故能为百谷王。"认为"天下莫柔弱于水，而攻坚强者莫之能胜，其无以易之"。又以死生喻之说："人之生也柔弱，其死也坚强。万物草木之生也柔脆，其死也枯槁。故坚强者死之徒，柔弱者生之徒。"柔弱之诚如是，故老子以柔弱处世。他认为以柔弱处世必得最后之胜利，反之则失败。他说："曲则全，枉则直；洼则盈，敝则新；少则得，多则惑。是以圣人抱一为天下式：不自见，故明；不自是，故彰；不自伐，故有功；不自矜，故长。夫唯不争，故天下莫能与之争。古之所谓'曲则全'者，岂虚言哉？诚全而归之。""柔弱胜刚强。鱼不可脱于渊。""天下之至柔，驰骋天下之至坚。"这里讲的都是老子以柔弱处世的方法和以柔克刚、以弱胜强的道理。老子贵柔，以纯理立言，发自人的内心，体现人的一种高尚道德。老子说："知其雄，守其雌，为天下溪。为天下溪，常德不离，复归于婴儿。知其白，守其黑，为天下式……常德乃足，复归于朴。""故贵以贱为本，高以下为基。是以侯王自谓孤、寡、不谷。""见小曰明，守柔曰强。用其光，复归其明，无遗身殃，是为习常。""故坚强者死之徒，柔弱者生之徒。是以兵强则灭，木强则折。强大处下，柔弱处上。""不敢为天下先，故能成器长。""为无为，事无事，味无味，大小多少，报怨以德。"以上所引，更具体地讲了贵柔的方法，不外乎守曲、从雌、甘贱、处下、见小、守柔、不敢为天下先，报怨以德等。老子以柔弱为处世之正规，为道之用。《庄子·天下》曰："老聃闻其风而悦之……以濡弱谦下为表，以空虚不毁万物为实。"真可谓深得要旨之言。

老子以柔弱处世的人生哲学，所论极为精当，取喻亦精。老子以柔弱处世，自喻为如水之善柔，盖柔弱与老子所言清静之道，相辅相成，非静无以致柔，非柔无以显静。故说："牝常以静胜牡，以静为下。"王力在《老子研究》

中论柔与静之关系说："静而不柔，则好胜、嗜争，恃则凌物，遂以害静；柔而不静，则好动、恣欲、任气、肇事，亦以害柔，盖柔静之相依，有胜于辅车者矣。世或以柔、静为权术之本，则为未知老子者。老子之尚柔静，盖观察自然界现象，类推及于人身；是以屡状水、木、牝牡之情，以示类推之所自。夫弱水之能攻坚强者，自然之势，非水有攻坚之术也；圣人后其身而身先者，亦自然之势，非圣人有先民之术也。不期然而然，谓之势；期然而然，谓之术。势之所至，乃自然之结果；术之所致，则人为之结果。天道不争而善胜，江海善下而为百谷王，皆势也，非术也。故知柔静不涉权术。"① 所谓静，也就是要符合自然规律，按自然规律行事。按自然规律处世，就产生柔道。柔道并非任人宰割，而是要绝对尊重自然规律。老子认为，尊重自然规律，就能立于不败之地，所谓"不争而善胜"。如果违反自然规律，必然要受

① 王力：《老子研究》，商务印书馆1928年版，第29—30页。

到自然的惩罚，结果只能走向毁灭。老子这种以柔道处世的贵柔主张，在我们今天对待人生处世方面仍有现实意义。

（五）戒矜

要达到贵柔的目的，必须严于律己，从我做起。如何从我做起？最关键的是戒矜。老子说："不自见，故明；不自是，故彰；不自伐，故有功；不自矜，故长。"如"自见者不明，自是者不彰，自伐者无功，自矜者不长……故有道者不处"，从正反两方面谈自矜问题。自矜与自见、自是、自伐相联系，是骄的表现。老子说："果而勿矜，果而勿伐，果而勿骄。"又说："富贵而骄，自遗其咎。"自见的后果是不明，自是的后果是不彰，自伐的后果是无功，自矜的后果是不长，这都是由骄造成的"自遗其咎"，也就是所谓"满招损"。不自见，不自是，不自伐，不自矜，是谦的表现。谦是老子实践道德的一个准则，《汉书·艺文志》称道家"合于尧之克攘，易之嗛嗛，一谦而四益"。不自见可以明，不自是可以彰，不自伐反而有功，不自矜反而能长，这都是谦造成的，也就是所谓"谦受益"和"一谦而四益"。自矜招损，不自矜受益，自矜与不自矜成为人生处世不可忽视的问题。然而"自矜其德，自伐其功"，是平常人最易犯的毛病，而又为败事的唯一根源。有过分欲望者，为达到目的，则其势必出于争，要争必然千方百计压倒别人，岂能不自见、自是、自伐、自矜呢？故老子主张寡欲、贵柔、主静，人到柔静的地位，则不趋势、不慕外，外物不得而侵。然后"挫其锐，解其纷；和其光，同其尘"。不为物先，不为物后，浑然与物同体。这样的人，在其内心根本不会自觉有什么长处，有什么异于他人之处。

因而可以说，不自矜，这也是一种境界。

（六）为而不有

所谓"为而不有"，就是要毫无个人自私的嫌疑，要尽自己的力量，为社会服务，而不指望社会报酬。"万物作焉而不辞，生而不有，为而不恃，功成而弗居。""生之畜之，生而不有，为而不恃，长而不宰，是谓玄德。""圣人不积，既以为人，己愈有；既以与人，己愈多。"以上所引，都是老子在阐明自己的"为而不有"的主张。天生我材必有用，人有了生命，一定要"为"，人应该有自己的事业与责任心，在其有生之年，应当加倍努力。"发愤忘食，乐以忘忧，不知老之将至。""鞠躬尽瘁，死而后已。"所谓"不有"，就是只追求事业上的实现，不追求形式上的报酬。在中华民族的开化史上，有许多伟大的思想家、科学家、政治家、军事家、艺术家，他们为民族、为人类，创造了许多物质文明、精神文明，为推动历史前进做出了贡献，为后世造了福。从世界范围来说，像这样的人士就更多了。人们几乎天天都在享用他们创造的成果。他们中许多人在异常艰苦的生活条件下奋斗了一生，往往来不及享用自己的成果就离开人世。他们一生都在努力奋斗，奉献多而索取少。20 世纪 20 年代，英国大哲学家罗素来华，有人为他介绍《道德经》，并讲了几段给他听，他大为惊叹，几乎不相信中国古代的思想竟有这样的奇迹。罗素说："人类的本能有两种冲动：一是占有的冲动，一是创造的冲动。占有的冲动是把某种事物据为己有，这些事物的性质是有限的，是不能相容的。例如经济上的利益，甲多占一部分，乙丙丁就丧失了一部分。这种冲动发达起来，人类便日日在争夺相杀中。所以这是不好的冲动，应该裁抑的；创造的冲动正和它相反，是要把某种事物创造出来，公之于人。这些事物的性质是无限的，是能相容的。例如哲学、科学、文学、美术、音乐，任凭各人自己的创造，愈多愈好，绝不相妨。创造的人并不是为自己打算什么好处，只是将自己所得传给众人，就觉得是无上快乐，许多人得了他的好处，还是莫名其妙，连他自己也莫名其妙。这种冲动发达起来，人类便日日进化。所以这是好冲动，应该提倡的。"梁启超在《饮冰室合集》中对此加以评论："罗素拿这种哲理做根据，说老子的'生而不有，为而不恃，长而不宰'是专提倡创造的冲动，故老子的哲学，是最高尚而且最有益的哲学。"在今天看来，我们提倡"创新"，更要弘扬为而不有的境界。

三、老子人生哲学的辩证法

对于辩证法的论述，是老子哲学中人所共称的精髓之一。老子人生哲学，特别讲究人生存的方法和策略。他从极其超越的高度审视世态人生，建构了一套"反者，道之动"的人生辩证法。不仅奠定了道家人生哲学的基础，而且对中华民族的为人处世和行为方式有着深远的影响。老子的人生辩证法蕴涵着多方面的意蕴。他不仅针对当时的社会现实，就个人如何保全自己的生命进行思考，提出了丰富的明哲保身思想，还就人在社会中如何取胜、如何实现自己的利益和目的进行探讨。现就老子这一独特的人生辩证法略做梳理。

（一）柔能克刚

在柔弱与刚强之间，一般人总以为"刚强胜柔弱"，老子却不同凡响，提出"柔弱胜刚强"的哲理。这里的"胜"字，既有"胜过"或"优于"之意，又有"战胜"之意。老子"柔弱胜刚强"的命题具有二重含义，一是说柔弱优于刚强，二是说柔弱能够战胜刚强。在老子眼里，柔弱代表新生、生命力和灵活性，刚强则代表死亡和僵硬。他从生命现象获得领悟，说婴儿"骨弱筋柔而握固"。"人之生也柔弱，其死也坚强。万物草木之生也柔脆，其死也枯槁。"他观察社会现象发现："勇于敢，则杀；勇于不敢，则活。""强梁者不得其死。"于是他说："坚强者死之徒，柔弱者生之徒。是以兵强则灭，木强则折。强大处下，柔弱处上。"柔弱富有生命力，刚强则容易毁灭。两者比较，柔弱优于刚强。老子认为柔弱不仅是富有生命力的，而且是强有力的。柔弱是一种能够战胜一切的东西。他说："天下莫柔弱于水，而攻坚强者莫之能胜，其无以易之。"水表面上看是最柔弱的东西，随遇而变，遇圆则圆，遇方则方，却能穿石销金，无孔不入，无坚不摧。他确信柔弱蕴藏着巨大力量，说："天下之至柔，驰骋天下之至坚。"这清楚地表明老子所讲的柔弱并不是人们通常所说的软弱无力。基于"柔弱胜刚强"的道理，老子要求人保持柔弱的状态，柔弱处世，并强调"守柔曰强",刚强未必真强,柔弱才是真正的强。

人们历来认为老子"贵柔",贵柔守弱确实是老子哲学和人生观的一个重要特征。老子不仅认为相对于刚强,"柔弱处上""柔弱胜刚强""守柔曰强",还从宇宙本体论的高度对贵柔守弱的原则予以论证,说:"弱者,道之用。"道在产生并推动天地万物发展变化过程中所表现出的作用是柔弱的。《易传》认为天道刚健,老子却强调道是柔弱的。在中国传统思想中,儒家尚刚,道家尚柔,而道家尚柔的传统就是由老子开创的。老子贵柔守弱的思想为后世所承继。例如汉初成书的《淮南子》就发挥老子"守柔曰强"的观点说:"欲刚者必以柔守之,欲强者必以弱保之,积于柔则刚,积于弱则强。"[1]

贵柔守弱在老子那里,是作为一种独特的取胜之道而被倡导的。平心而论,在自然界和

———————

[1] 刘安等编著,高诱注:《淮南子》,上海古籍出版社1989年版。

人类生活中，也确有一些"柔弱胜刚强"的事例。不过，通常一般人只知道"刚强胜柔弱"，而老子却揭示了被人所忽略的另一面："柔弱胜刚强"。这是老子的一个洞见。人们在刚强与柔弱之间，往往看重刚强的力量，习惯于求强、图强、逞强，甚至以强凌弱，老子却告诉人们：柔弱并不是懦弱，柔弱本身就是一种力量，一种比刚强更大的力量。这就启发人们要采用柔弱的方式，保持柔弱的姿态，而不刻意追求所谓强和盛。事实证明，在人世间，柔弱是一种十分有效的手段和武器。中国有句俗语，叫"柔能克刚"，它的理论根据就是老子的贵柔思想。

关于柔弱对人的深刻意义，著名老学专家詹剑峰有很好的阐释："因为柔弱是活泼，是生动，是流行，是灵活，是善变化；而刚强是僵化，是死硬，是呆板，是凝滞。所以人们永远守着柔弱，就永远守着新生，亦即一生保存着朝气，蓬蓬勃勃，向前发展。所以我们的思想守柔，我们的思想就活泼而不僵化，灵活而不凝滞，生动而不呆板，进取而不顽固，那么，我们看问题和处理事务就能因应适宜，而不至拘执不化。我们的行动守柔，我们的行为就前进而不顽固，就灵活而不生硬，就圆融而不固执，就能'柔弱随时，与理相应'，这样就会受到人们的拥戴。"[1]

柔弱作为人生原则其实有两大特点：一是温和性，二是灵活性。人生在世，与他人相处，采取柔弱的姿态，还是坚持刚强的态度，其结果是大不相同的。老子贵柔守弱，主张柔弱，并不是要人一味示弱与退让，而是要人用温和的方式去争取自己的目的，要人待人接物灵活而不僵化，圆融而不固执，具有耐心和韧性。这对个人而言，可以减少生活道路上的各种阻力与障碍，有利于达成个人的愿望；对社会而言，可以减少人与人之间的摩擦与冲突，维护和谐的人际关系。老子主张"就是要以保存生命活力的方式来生活，不要将它浪费在无益的、耗损的方式上，因此首先要避免的就是摩擦和

---

① 詹剑峰：《老子其人其书及其道论》，湖北人民出版社1982年版，第350页。

冲突"①。如果坚持刚强，后果不是皎皎者易污，刚强者易折，就是好勇斗狠，纷争四起，对社会造成破坏，于人于己均无益处。所以老子的这一方法，初看是软弱或耻辱的，但最终是聪明和有力的。老子的这一思想反对逞强好胜，极大地影响了几千年来中国人的人生态度和行为方式，塑造了中华民族柔和的性格。

（二）谦下不先

在社会人生领域，对于高与下，人常言："人往高处走，水往低处流。"老子却十分赞赏水谦下、居下的品性，说："上善若水。水善利万物而不争，处众人之所恶，故几于道。居善地……""地"即下，"地者，下之极也"②。老子认为水之谦下代表了崇高的德行，希望人们学习它。对于先与后，老子明确将"不敢为天下先"奉为处世的"三宝"之一，说："我有三宝，持而保之：一曰慈，二曰俭，三曰不敢为天下

① （美）休斯顿·史密斯著，刘安云译：《人的宗教》，海南出版社2006年版，第213页。
② 梁启雄：《荀子简释》，中华书局1983年版。

先。"总之，在人生态度上，老子是主张谦下不先的。

但谦下不先在老子那里并不是不思进取，消极居后，一味退让，而是一种人生的策略和手段。谦下表面上看是退，实际上却是以退为进。老子曾以江海为喻，说："江海所以能为百谷王者，以其善下之，故能为百谷王。是以欲上民，必以言下之；欲先民，必以身后之。是以圣人处上而民不重，处前而民不害。是以天下乐推而不厌。"这是说，江海之所以能成为百川之王，是因为它处于低于百川的卑下之地。所以，圣人要想身居万民之上，一定要对人民谦恭卑下；要居于民众之先，一定要置自己于民之后。这样人民不会感到有负担和危害，而能得到人民的衷心拥戴。在老子看来，谦恭卑下，先人后己是居上、领先的有效手段。退是为了更好地进。他说："不敢为天下先，故能成器长……舍后且先，死矣。"老子尤其强调身居高位的人要谦下不先，说："人之所恶，唯孤、寡、不谷，而王公以为称。""贵以贱为本，高以下为基。是以侯王自谓孤、寡、不谷，此非以贱为本邪？""不谷"即不善。侯王自贬，才能成其贵；王公表示卑贱，才能获得并保持尊贵。在老子心目中，谦下不先具有积极的功效。它可以引起别人的好感和佩服，得到人们的同情和帮助，而对自己有益。他相信谦下之人会因其美德而得到好的回报和奖赏。在这里，我们也许能够感受到传统国人为什么特别讲究谦虚的奥妙。

老子谦下不先的思想具有我们现在所讲的谦虚的含义。人们一般认为谦虚是一种美德，老子并不仅仅把谦虚作为一种美德，他把谦虚作为一种为人处事的有效手段来倡导。他从功利的视角去分析谦虚与骄傲，认为谦虚有益于人，骄傲则有害于人。他说："不自见，故明；不自是，故彰；不自伐，故有功；不自矜，故长。"正因为不自我表现，所以才高明；正因为不自以为是，所以才显著；正因为不自我夸耀，所以才有功；正因为不自高自大，所以才长久。相反，如果一个人热衷于自我表现、自以为是、自我夸耀、自高自大，就会引起人们的反感，不能为人所尊重，自己也不能得到很好的发展。"自见者不明，自是者不彰，自伐者无功，自矜者不长。"这也就是"满招损，谦受益"的意思。

在现实生活中，一般人都知道"不甘人后"的道理，认为努力进取，力争上游才是应有的人生态度。老子却主张谦下不先，将谦下不先作为实现人生目的的策略和手段，通过处下，达到居上。这看似消极，实则很积极。老子倡导谦下不先包含着实现功利性的长远考虑。这是他的精明之处，也是一种老到的中国智慧。从社会的角度来看，谦下不先作为一种处世原则，有利于减缓社会矛盾，维护人际关系的和谐与社会稳定。这一原则对于处理上下之间的关系也很有价值。诚如刘泽华先生所言："就上下关系而言，居上而不顾下，就把自己赤裸裸地置于下的对立面，这对自己是极为不利的。如果处上而又能谦下，这样就可抓住上下两面，使下成为自己所居上的补充，从而以下安上。"①
正因为如此，人们千百年来一直崇尚这一原则。

（三）不争之争

老子生活在诸侯争霸，社会上充满你死
我活的争斗的时代，对于争的残酷现实和灾难
性后果，有着深切的体验。他希望社会停止纷
争，说："不尚贤，使民不争。"同时在人生领
域，把"不争"作为为人处世的重要原则。就
个人而言，所谓"不争"是指不与人争地位、争
功名、争利益，不与人发生正面冲突。老子十
分推崇"不争"的原则，认为"不争"是一种高
尚的德行，说："上善若水。水善利万物而不
争。"但老子讲的"不争"并不是字面上的与世
无争，他是企图通过"不争"来取得比争更好
的结果。他反复强调："夫唯不争，故天下莫能
与之争。""以其不争，故天下莫能与之争。"这
两段话表面的意思是，你不与人争，天下人就
不与你争；深层的意思则是，通过"不争"，你

---

① 刘泽华：《先秦政治思想史》，南开大学出版社
1984年版，第489页。

能取得天下谁也无法与你争的成就和地位。老子是以"不争"为争的。"不争"是争的一种特殊形式，"不争"是为了从根本上争胜。老子认为"不争"是获胜的有效途径："天之道，不争而善胜。""善为士者不武，善战者不怒，善胜敌者不与，善用人者为之下。是谓不争之德。""与"即争，"不武""不怒""不与""为之下"都具有"不争"的意思。由此可知，老子的"不争"是高明的争、高级形态的争，是不争之争。朱熹对此有到位的理解，他说老子："其所以不与人争者乃所以深争之也。"[①]

老子倡导不争之争，逻辑地要求人们采用争之外的、和平的、非暴力的、对社会无害的方法去争。那么，这个意义上的方法有哪些呢？方法之一是迂回之争，即避免与人正面交锋，通过隐蔽、迂回的道路达到目的。此法可以最大限度地减少达到目的的阻力和障碍。方法之二是致力于发展自身，壮大自己的实力，

---

① 黎靖德编：《朱子语类》，中华书局1986年版，第137页。

使对手无法与自己争。方法之三是宽容对手，迁就对手，"报怨以德"，"圣人执左契，而不责于人"，使对方不与自己争。方法之四是"利而不争"，即通过利人，默默奉献，以德服人，得到社会的拥戴，赢得崇高的地位。老子言："天之道，利而不害；圣人之道，为而不争。""为"即施、奉献意。所谓"为而不争"就是"利而不争"，默默奉献，不与人争名夺利。在老子看来，通过"利而不争"，能够"不争而善胜"。这是一种高尚的、有益于社会的争。如果说单纯"不争"是消极的，那么，以"不争"为争的不争之争就很难说是消极的了。

老子生活在争斗的时代，却主张"不争"。这与古希腊哲学家赫拉克利特"战争是万物之父""正义就是斗争""一切都是斗争所产生的"[1]的观点形成鲜明的对照。长期以来，中国就是一个人口众多、资源短缺、生存竞争激烈的国家，但传统的中国人信奉的却是老子的"不

---

[1] 北京大学哲学系外国哲学史教研室编译：《古希腊罗马哲学》，商务印书馆1961年版，第23页、26页、19页。

争"论，很少有人标榜斗争哲学。老子"不争"的思想对中华民族留下深刻的影响。中华民族总是习惯用"不争"的方式来解决矛盾和分歧。虽然老子的这一思想不能从根本上消除人与人之间的利益斗争，但可以大大减缓社会的紧张和冲突。对于争者，"不争"是一把锐利的武器。它能使争者丧失争的理据，并最终放弃争。以"不争"为争虽然可能使人变得有些权谋、狡诈，但同时也使人特别讲究争的策略和艺术，使争更文明、更和平、更少社会代价。

现在我们正处在一个竞争的时代，完全不讲争显然不合时宜。但老子"不争"的人生原则也不是没有现实意义。人生的各个领域并不都是竞争的战场，我们首先应该懂得有所争，有所不争。凡事都争，既不利于人际关系的和谐，也会使自己身陷战争状态，身心交瘁。其次，即使有所争，也应该用和平的、对社会无害的方式去争。第三，应该学会超越自我，走向老子所说的"善利万物而不争"的广阔天地，淡泊名利，提升自己的精神境界，在更高的层次上争，在更高的层次上实现自己的人生价值。最后，在社会层面也不是不可以把"不争"作为争的策略和手段。在这个过分注重争的时代，运用"不争"，往往可能出奇制胜，不战而胜。时人只知一味去争，而不懂得"不争"的妙用。重温老子的"不争"思想，对我们人生不无启示作用。

（四）欲取姑与

老子虽然晚年退隐，但他对驾驭世俗生活却表现出浓厚的兴趣。他的思想不时显露着机智和老谋深算。《道德经》中有这样一段话："将欲歙之，必固张之；将欲弱之，必固强之；将欲废之，必固兴之；将欲夺之，必固与之。是谓微明。"对于这段话，历来有不同的理解。詹剑峰认为："这是中国古代辩证法的精华。"[①]有学者进而推测："老子的本意，是让人通过认识事物物极必反的道理，不去追求强壮、兴盛

---

① 詹剑峰：《老子其人其书及其道论》，湖北人民出版社 1982 年版，第 356 页。

和获得，以免悔咎。"①更多的人则从阴谋、权术的角度理解，认为是运用物极必反的原理去制服别人或创造条件使对方失败。还有人说，这是陈述老子的军事哲学，"是对付强敌入境的保卫战策，而不应视为处世为人的哲学"②。这里的关键是可不可以将老子的这段话理解为阴谋、权术？

在我们的文化传统中，较为注重道德评价，阴谋、权术从来只有负面的意义，只要讲究策略和方法就被视为阴谋、权术。其实策略和方法往往是中性的，它既可以用于善的目的，也可以用于不可告人的目的，而其本身无所谓善恶。如果从策略和方法的视角去理解老子的上述言论，其含义就是：要想收合，必须暂且张开；要想使其衰弱，必须暂且使其强壮；要想使之毁废，必须暂且使之兴盛；要想夺取，必

---

① 焦国成：《中国古代人我关系论》，中国人民大学出版社1991年版，第136—137页。

② 郑鸿：《老子思想新释》，上海文艺出版社2002年版，第107页。

须暂且给予。老子称这是微妙的智谋。这一智谋突出反映老子思维的特点。老子思维的特点是以反求正，运用与常人、常规相反的方法，达到意想不到的效果或常人用常规方法难以达到的目的。老子欲取姑与思想的实质是通过隐藏自己的真实意图，迎合对方，实现自己的既定目的。这是一种高超的策略和技巧。欲取姑与作为一种高超的策略和技巧，在道德上并不必然是邪恶的。它是一种技术，是思维方式，而不是价值准则。它是一种可以普遍运用的智慧。只有被坏人利用，用于邪恶的目的，才是阴谋、权术。魏源说："盖予夺翕张之术，圣人以除暴销恶，而小人亦借之以行其私。"[1]似乎有鉴于此。

几千年来，欲取姑与首先是作为军事和政治策略而被广泛运用的，三国时期的诸政治势力进行角逐，在许多方面应用了这种策略。但同时它也具有人生策略和技巧的意义。现实社

---

① 魏源撰：《老子本义》，上海书店 1987 年版，第 40 页。

会是一个竞争的舞台，个人置身于其中，生存不易，谋求发展更不易。要想在这个舞台上出人头地，占据重要位置，必须讲究人生的策略和技巧。尽管讲究策略和技巧历来有害人、奸诈之嫌，但如果不懂它，就很难在社会上获得成功。人在社会中生活，谋求发展，既需要遵循社会准则，也需要掌握一定的社会技术。然而，在我们的文化传统中占主导地位的文化取向是重道轻技，崇尚价值理性，贬抑工具理性，属于"术"的东西一概受排斥。老子既讲道，也讲"术"，提出欲取姑与之类的思想，为个人的生存和发展提供了一些社会技术，而有助于个人走向成功。尽管人们对老子欲取姑与之类社会技术的运用往往是做而不说，秘而不宣的。

老子的上述思想在现代社会对我们也具有方法论的启示。按照老子的思路，采用与目标相反、似乎南辕北辙的方式，结果却能出人意料地达到目的。这就昭示我们要摆脱线性思维方式，确认有时曲线比直线更短。欲取姑与是一种很有价值的方法。我们在现代社会生活仍然会面对"取"与"与"的关系问题，直观地看"取"与"与"是对立的。"取"不是"与"，得到不是失去，但在事实上"取"常常以"与"为前提，不懂得失去，也就难以获取。有人说："舍得，舍得。不舍，不得。"这有一定的道理。就人自身而言，一分耕耘，一分收获，没有付出，就不会有获得。就人在社会中生活而言，无论是成就一番事业，还是争取个人幸福，都需要与人合作，得到他人的支持。而要赢得他人的支持与合作，就需要站在合作者的立场，设身处地为对方着想，讲究给予和付出。给予和付出所体现的正是对合作者的尊重、关怀和体贴。如果没有这种通过给予和付出所体现的尊重、关怀和体贴，就不可能赢得他人的合作与支持，也就难以实现自己的目的。所以，"取"则须"与"，欲取姑与是一条很有运用价值的人生辩证法。

老子一方面主张返璞归真，希望人们像婴儿那样天真无邪、纯朴自然；另一方面又讲欲取姑与，提示人讲究策略和智谋。二者的确矛盾、不一致。对此做何解释呢？较合理的解释应该是，老子的思想具有多面性和层次性，返璞归真代表了老子的理想，欲取姑与反映了老子的现实考虑。理想高于现实，但理想不能代替现实，人必须面对现实。人生活在理想与现实之间，理想与现实的主张常常不一致。虽然老子向往天真纯朴的理想生活，但他面对复杂、竞争的社会生活，又不得不为个人的生存和发展着想，为个人的生存和发展献计献策。欲取姑与可以看成是老子着眼于个人在现实社会的发展而提出的一种人生策略和技术。

（五）无私成私

老子对自然世界进行了深刻的洞察，发现其中蕴含着无私成私的生命真谛。在老子看来，自然界正是因为无私才能长存。"万物作焉而不辞，生而不有，为而不恃，功成而弗居。夫唯弗居，是以不去。""江海所以能为百谷王者，以其善下之，故能为百谷王。"天道是无私的。"功遂身退，天之道。""天之道，不争而善胜。""天长地久。天地所以能长且久者，以其不自生，故能长生。"老子对自然界、道的深刻解读，从而体悟出人无私成私的生命真谛。他说："是以圣人后其身而身先，外其身而身存。非以其无私邪？故能成其私。"圣人先人后己，将自己置于人后，自己反而能够领先；舍己为人，不关心个人的利害得失，自己的利益反而得到保护。圣人不正是由于无私，将他人的利益置于自己的利益之上吗？所以才成就了自己的私愿，实现了"圣人终不为大，故能成其大"。

　　无私成私，无私是前提，成私是结果。在老子看来，圣人并非绝对无私利他，而是以无私利他的方式来实现自己的个人利益，以无私成其私的。这既是老子对圣人秘密的揭示，也是老子对理想的人生价值方针的阐扬。根据老子的看法，一个人只要无私，为他人着想，他就能够扩张自己的利益；而且他越能无私利他，获得的利益便越多。他说："圣人不积，既以为人，己愈有；既以与人，己愈多。"常人是为自己而为自己，圣人则是通过为他人来为自己。圣人不像常人那样直接追名逐利，积累财富；

他通过帮助他人，而使自己越来越富有；他通过施予他人，而获得特别多的收益。无私利他是利己的有效途径。这是聪明的办法。很显然，老子是把无私利他作为利己，作为争取和实现个人利益的有效手段来倡导的。

老子视无私利他为利己的有效手段的观点特别耐人寻味。从道德上讲，老子的这一观点并不太高尚，而且有些虚伪，但它在实际生活中对人们却有很大的影响。虽然中国长期是一个道德至上主义的、儒家无私利他观念占主导地位的、追求个人利益难以得到肯定的国家，但由于圣人难做，完全的无私利他难以办到，人们骨子里信奉的是老子无私成私，把无私利他作为利己的有效手段的观念。也许正是由于儒家无私利他的道德至上主义观念长期居统治地位，才使得老子的这一观念在中国社会特别有市场。既然不能公开追求个人利益，否则就会成为众矢之的，那么就只好表面上推让，借助无私利他的方式去利己，或打着无私利他的旗号利己。

不唯如此，从理论上分析，老子这一观点的独特之处还在于它强调他人利益与个人利益的一致性和同步性，在人的长远利益的基础上实现了利他与利己的某种统一，克服了利他与利己之间的对立，在一定程度上化解了道德与人的利己性之间的紧张和冲突，既为个人扩张自己的利益敞开了大门，同时也能因此而增进他人的利益，有利于社会的和谐与稳定。"确切地说，个体的自我实现是不存在的，因为个体总是要从外部接受自身所需要的事物，在自我实现的同时，接受到的，即超个体体系的一部分总是同时也被实现了。自我实现只有同作为整体的人类联系在一起才能完成，每一个个体只不过是这个整体的必要的，但不是足够的成员。"① 人作为人，有一种根深蒂固的、来自生命本性的、不容扼杀的、肯定和发展自己的利益的要求，但人又不能脱离社会。他要在社会中生存，就必须考虑他人的利益。社会和道

---

　　① （德）汉斯·萨克塞著，文韬、佩云译：《生态哲学》，东方出版社1991年版，第144页。

德也倾向于鼓励人关心他人，照顾他人的利益。"我们都生活在社会之中，只有对社会有益的才是真正对我们有益的。"① 因此，老子提出了与"私"相对应的概念"公"："知常容，容乃公，公乃王，王乃天，天乃道，道乃久，没身不殆。"这就是说，做到"公"是符合天道的，这可以使人终身不遇危险。老子提出的主张既不是要人为了他人的利益而牺牲自己的利益，也不是要人为了个人的利益而牺牲他人的利益，而是要人从自身的利益出发，选择无私利他的方式来提升自己的利益。这既尊重了个人的利益，又尊重了他人的利益，对个人、他人、社会均有益，因而千百年来人们乐于接受它。就是在今天，它与市场经济的内在要求也有相当的契合。市场经济是交换经济，你在市场中能否获利，取决于你是否为他人提供了有益的产品和服务。换句话说，你在市场中的行为，是

---

① （法）伏尔泰著，余兴立、吴萍译：《睿智与偏见——伏尔泰随笔集》，上海三联书店1990年版，第260页。

通过利他而利己的行为。你为他人提供的产品和服务越多，质量越高，你获得的收入就越可观，如"薄利多销"等。一个人在市场中只有真正做到无私利他，才能真正利己。老子无私成私、利他以利己的古老人生原则仍有积极的现代价值。

（六）守静制动

在世界观层面，老子虽然讲万物的运动、变化和事物的相互转化，但他认为这一切是派生的、暂时的，最终都要返回到静的状态。"夫物芸芸，各复归其根。归根曰静，是谓复命。"万物的根是道，而道是静的。万物生于道而又复归于道。其生为动，复归于道即返于静。返于静是万物的宿命。静生动，动又必须回归静。静是根本，是第一位的；动是现象，是第二位的。"重为轻根，静为躁君"，静主宰动，动从属于静。面对世态的纷扰、喧嚣，老子主静，而提出"清静为天下正"的主张。所谓"清静为天下正"，就是要人们将清静作为普遍的准则，在心理和行动上，保持静的状态，学会以静制动。

在动、静之间，一般人往往以为动是积极的，静是消极的；老子却宣称静有积极的成效和作用，并非消极。在自然界，他指出："牝常以静胜牡。"雌性常以安静战胜雄性。在生活中，他发现："躁胜寒，静胜热。"运动可以战胜寒冷，心静能够克服炎热，心静自然凉。在政治上，他提出："我好静，而民自正；我无事，而民自富"；"不欲以静，天下将自定。"只要统治者清静无为，天下自然安定，人民自然品行端正、经济富足。在认识上，他认为："致虚极，守静笃。万物并作，吾以观复。""复"即返，往返循环。心灵排除干扰，进入虚静状态，方能窥见宇宙的演化规律和世界的本来面目。老子强调不论是统治者，还是普通百姓，如果不能守静，而轻举妄动，那就会遭殃。他感慨道："奈何万乘之主，而以身轻天下？轻则失本，躁则失君。"一个大国的君主，怎么可以轻举妄动，去干那些使人民不得安宁的事情呢？如果轻举妄动，就会失掉民心和君位。他断言:"归根曰静,是谓复命,复命曰常,知常曰明。不知常,妄作,凶。"由动回到静,是宇宙的常规和正常法则。明白这一法则才叫聪明。不知守静,而强行胡为,个人将会遭遇凶险。

老子推崇的静并不是木然不动、裹足不前,也不是像一潭死水似的完全停滞状态,而是动中求静,动中寓静。他说:"圣人终日行不离辎重,虽有荣观,燕处超然。"这是说,圣人整日行走,但不轻举妄动;虽有营建的楼台亭榭,但他安闲静处,超然物外。老子是要人动中取静,以静制动。

老子所倡导的守静,是一种人的生存状态。宁静、沉着镇定、扎根深厚,且有大勇者的气概,这是理想的人格。而作为政治主张,守静反映了当时人民对和平宁静生活的渴望;作为人生原则,它包含着极高的人生价值。根据老子的看法,为人守静,处世从容,则能举重若轻,化险为夷;遇事急躁,轻举妄动,则很难有好的结果。人生在世,虽然仅靠守静并不能获得一切,但临事不慌,处乱不惊,镇静自若,以逸待劳，静观其变，又常常能够胜人一筹。"宁静致远"，静定生慧，静能给人带来无穷的创意和智慧。宁静是人超越自身、超越一切困境的前提条件。正因为此，千百年来许多人把老子守静制动的思想奉为人生的座右铭。老子的这一思想陶冶了我们民族沉着冷静、从容不迫的处事态度。在今天这个充满躁动和忙碌的时代，老子"知常守静"的思想，依然对我们的人生具有启示作用。

（七）无为而为

在社会人生领域，人们通常主张有所作为，普遍赞同积极有为的人生态度；老子对此却不以为然。在他看来，有些事情不是可以勉强去为的。"为者败之"，勉强去做，就会遭受挫折。他认为社会上的许多问题，就是由当政者的"有为"所造成的。"天下多忌讳，而民弥贫……法令滋彰，盗贼多有。""民之难治，以其上之有为，是以难治。"于是他提出无为的主张。无为，是希望维护物的相对独立性，不要人为地去阻碍事物成为它自己，而应当随顺万物，才能不破坏物的固有之性。但同时，"道"与"物"的关系还有另一面，即，"道"可化为人的觉悟和境界，化为无不为。即是说，无为并不是不为、一无所为，而是无意而为，已转化为思想自觉、理想信念、宗旨意识，没有功利性的，无所为而为，全心全意、顺其自然而为。无为本身就是一种为。正像沉默并非只是无言，弃权并非就是放弃权力。他强调"无为而无不为"，认为通过无为，可以取得"无不为"的效果。这是一种十分特殊的人生原则和方法。

无为而为作为老子倡导的人生原则，有其深厚的宇宙本体论根据。在老子的哲学中，道是世界的本原、本体，"为天下母"，"似万物之宗"，"万物恃之而生而不辞，功成而不名有，衣养万物而不为主"。道的本性即是自然无为。道产生并养育万物，却不带有丝毫的功利目的和考虑，万物依赖它生存而不加以夸耀，成就万物而不去占有万物，养育万物而不对万物实行宰制。他确信"道法自然"，道生养万物并不是一种有意识的行为，而是一种无目的、无意志、自然而然的行为。因此他说："道常无为而无不为。"道无意而为，顺其自然而为，却没有什么事情做不成功。这是道的根本特征和属性。将道的这一特性落实到人生层面，老子要求人用无为的方式处世。他说："圣人处无为之事，行不言之教。万物作焉而不辞，生而不有，为而不恃，功成而弗居。"

老子十分推崇无为原则，他认为真正高尚的东西并不是有意做出来的，而是无为而为，自然呈现出来的。他讲过这样一段很有哲理的话："上德不德，是以有德；下德不失德，是以无德。上德无为而无以为，下德为之而有以为。""以"即有心、故意。"上德"是无意而为，自然显现的，它不以德为德，刻意表现自己有德，所以才真正有德。"下德"有意求德，力图表现自己有德，唯恐失去德，这样的德只是表面上的，实即无德。在老子看来，讲德的未必有德，不讲德的反而有德，无为而为属"上德"的范畴，刻意追求美德的行为属于"下德"的范畴。换言之，无为是有德者的行为方式。

人通常的行为是有目的的行为，而这目的大都是功利性的目的。无为而为，用无为的方式处世对人来说，最重要的是要超越狭隘的功利目的，摆脱功利欲的束缚，保有一种平淡超脱的心态。老子说："为道日损，损之又损，以至于无为。无为而无不为。"这段话可以这样解释：人要照着道的样子去生活，就必须不断消减人的功利欲望和追求，而达到无为即无所为而为、顺其自然而为的超功利境界。一旦达到这一境界，便能像道一样，"无为而无不为"。老子极为重视无为、超功利目的而为的人生价值，在他看来，无为具有"无不为"的效果，无为是"无不为"的有效途径和手段。他说："圣人终不为大，故能成其大。""终不为大"是不带功利目的，是无为；"成其大"是无为的结果。正因为不带功利目的，自然而为，"终不为大"，所以才能"成其大"，无为从动机上看是超功利，从产生的效果上看则是大功利。超功利却能带来大功利。可见，老子主张无为、超功利，并不是不要功利，而是要人借助超功利达到大功利。英国著名学者葛瑞汉指出："达到目的的途径恰是停止对它的有目的的追求，这个悖论最为鲜明地体现在对'无为'的诉求上。"[①]这从一个侧面抓住了老子无为思想的精神实质。从有为的角度看无为，的确有些消极，但无为的效果是十分积极的。

世上的事往往就是这样：当你只是为获得而去获得，成功总是那么遥远；一旦你超越了功利的目的，顺其自然而为，成功或许马上就会出现在你的面前。老子无为而为的人生观就具有这方面的意蕴。老子的这一人生观所要告诉我们的是：要超脱一些，目的性不要太强，不要太功利，不要勉强，不要刻意而为，不要急功近利，不要强作妄为，不要为成功而追求成功，欲速则不达，有意的目标可以通过无意来达到，要懂得水到渠成的道理，以出世的心态入世。在老子看来，天地乃道的化生物。道化生为天地，是自然而然的、无目的的、无有

---

① （英）葛瑞汉著，张海晏译：《论道者：中国古代哲学论辩》，中国社会科学出版社 2003 年版，第 269 页。

用心的，天地化生万物也是自然而然的、无目的的、无有用心的。老子似乎认识到人的目的性行为的局限：过分注重目的，常常会遮蔽人的视野和明智，忽视事物的本性和发展规律，使人心灵焦躁、困惑，最后徒劳无功，付出惨重的代价；反其道而行，无为而为，可以开阔人的视野，激发人的潜能，保持平和的心态，尊重事物的本性和发展规律，顺应各方面的自发性，从而克服目的性行为的上述局限。这是老子无为思想的深刻之处。老子的这一观念对中国人的行为方式有相当的影响，而且现在看来也十分有价值。人常言："有心栽花花不开，无心插柳柳成荫。"这句话就包含着老子无为思想的智慧。

通过以上分析，我们可以看到：老子在现实生活的层面并不是一味消极退缩，他主张以迂回的、非常规的、看似消极的方式来争取积极的人生目的。这是老子人生辩证法的独特之处，也是老子的机智之处和常常被人误解之处。指责老子的人生观消极，是肤浅之见。老子实际是以屈求伸。老子这种独特的人生辩证的智慧，在几千年的漫长岁月中有很好的运用，并且对社会多半无害，即使在今天也能为我们提供有益的帮助和启示。

四、老子人生哲学的当今价值

当今社会中，人的本性丰富而全面的展现，为我们开启了从科学求真、感性幸福、伦理道德、审美乐感等维度反思人生观问题的广阔视野。建设和谐社会的当代中国人，其生活愈丰富，人的本性愈成长；与此同时，现实利益和道德要求之间存在失衡问题，追求物质利益，而精神境界却不充盈，二者之间不和谐，使得人生哲学问题在时下显得愈益重要。现就老子人生哲学的当今价值做一些梳理。

（一）摆脱异化，寻找精神家园

异化说明了人们的活动及其结果，客观地转化为统治人本身而且变成与人相敌对的独立力量。被异化的人的个性，在很大程度上丧失了尊贵的感觉。人们普遍向往着摆脱异化，恢复自我。自我的感觉来源于自我是我的经验、我的思想、我的感情、我的决定、我的判断、我的行动的主体这一体验。它必须事先假定我的体验是我自己的，而不是由外部强加给我的，异于自我的东西。

对于许多寻求精神自由的哲学家来说，工业文明的出现不会给人带来幸福，只会带来灾难。德国戏剧家、诗人席勒把现代社会比作精巧的钟表，其中由许多无生命的零件联合而产生了机械生命。人由于永远被固定在整个机器的个别零件上，因此人本身也就变成了零件。为了使整体的抽象能够支持自己的贫乏存在，个体的具体生命被渐渐地消灭了。德国先验唯心主义的代表人物之一费希特，觉得自己简直无法在这样的世界中安置自己的灵魂。科学技术被人们不断推向前进，虽然使社会财富以无与伦比的速度增加着，使人们的物质生活极大地富裕起来，但科学技术把人变成机器的附属品。人的本真情感和生存价值湮没在机器的轰鸣之中，科学技术变成了一种与人异在的客观力量，窒息着人的生存价值和意义。"今天的异化问题更加严重，它成了一种普遍现象，成了绝大多数人的命运，20世纪的现代人开始生活于普遍异化的世界中。"①摆脱异化，寻获原本属于人的东西，这不是理智和逻辑的思维方式能够解决的。进入技术时代的人们仍然感到茫然失措，无家可归。克尔凯郭尔"证实了物欲的社会造成人类精神家园的迷失"②。1968年那场几乎卷席所有发达国家的"五月风暴"，青年造反运动反抗的矛头不是指向具体的物质生存条件或政治权力，而是直指社会本身，指向官僚化、科技化、效率化的社会整体，指向无所不在的物化的文化操控。这表明科技的进步不能够确证人的价值。如瑞士神学家、哲学家布鲁纳分析道："人学会控制自然之无穷力量。现代人对自然的优势达到前此难以想象的程度。但是，

① 衣俊卿等：《20世纪的文化批判——西方马克思主义的深层解读》，中央编译出版社2003年版，第52页。
② 衣俊卿等：《20世纪的文化批判——西方马克思主义的深层解读》，中央编译出版社2003年版，第158页。

当人凭借技术控制了自然，他却再也无法控制自己的技术，反而愈来愈受技术的控制，为灾难所威胁。"[①]

西方人在寻求摆脱异化的途径时注意到世界与自我移情共感的心理效应。马斯洛认为理想的人格是敏感的观察者，他们有能力把更大的世界融进自我，也就是说他们能够把有生命与无生命的事物相结合，并对其移注感情。自己在认识中不是局外人而是融入其中。沿着这条思路寻找精神家园，人们更加关注艺术、审美、爱的作用。

艺术被现代西方人视为治疗异化的灵丹妙药。人们认为艺术可以克服人的消极性，帮助人们寻找丧失的人性。艺术可以给生活在世界中的人们描绘出一个意义的世界，一个与现实给定的世界截然不同的另外一个世界，使得世界和人生富有神圣感和至上感。艺术能够使人增强与自然、与外物的亲和感。艺术是克服疏

---

① 衣俊卿等:《20世纪的文化批判——西方马克思主义的深层解读》，中央编译出版社 2003 年版，第 19 页。

远、摆脱分离异化的有效途径，如俗话说："饭养身，歌养心。"

现代西方学者在谈及克服异化的问题时还注意到爱的作用，他们认为爱是一种深层的教育，它可以使一个人更愉快、更幸福。青年黑格尔派认为唯有在爱中看到了预防异化力量。心理学家弗洛姆认为："现代人与自身、与同类、与自然相异化了。""爱是对人类生存问题唯一健全令人满意的解答。"[①]爱可以使生活充满意义，给人以安全感。它不仅可以防止和治疗人与人之间的异化和社会的异化，甚至可以防止和治疗世界的异化。当一个人沉浸于爱之中时，世界就显得不同以往和奇妙无穷。

艺术和爱之所以能够克服异化，是因为人们在艺术和爱的活动中体验到人和物的和谐相融。爱和艺术虽然能够给人的心理以极大的满足，但它们毕竟是瞬时的心理体验。

老子企图从人的本心本性去寻找摆脱人的

---

① （美）弗洛姆著，蔡伸章译：《人类之路》，协志工业丛书出版股份有限公司1959年版，第237页。

生存困境的途径。从人的天然本性上看，人与自然、人与外界是和谐相融的。在老子看来，通过超越人欲物累，能使生命获得一种精神性的存在状态、一种空明的心灵境界。这才是人的心灵得以安顿的精神家园。

为寻找精神家园，人们从老子哲学中得到很多启迪，如：虚己无身、涤除玄鉴、与道冥合等。

虚己无身。"众人皆有余，而我独若遗。我愚人之心也哉"揭示了超越性的虚无之道在属人世界变现成一种虚己无待的精神心灵。所谓"吾所以有大患者，为吾有身，及吾无身，吾何有患"，就是启导人类在虚无之境的洞照下，将主体自我从人欲物累、名利财货及一切规范的束缚压制下疏离出来，从而保持自由真性和独立人格。

涤除玄鉴。所谓"绝圣弃智""绝巧弃利""绝学无忧"等，就是老子对当时由于高扬人的主体性和人沦为智巧性的工具存在而导致人性物化、人与自己的本质相疏离的状况，所做出的形而上的深刻反省和批判。老子说："致虚极，守静笃。""专气致柔，能婴儿乎？涤除玄鉴，能无疵乎？"就是要人在虚静无畏的状态中清除杂念，摒弃妄见，聚敛心智而不外逐于物，把心灵深处打扫得像明澈透亮的镜子那样，使人"反自观照内心的本明"①，以一种主体虚位的本真状态在世间生存。冯友兰说："'涤除'就是把心中的欲望都去掉，就是'日损'。'损之又损'以至于无为，也就可以见道了。见道就是对于道的体验，对道的体验就是一种最高的精神境界。"②老子用于对抗异化的不是艺术和爱的力量，而是与生俱来的本心、本性即自然无为。

与道冥合。虚己无身、涤除玄鉴的终极归宿，即与道冥合，也即达到"天人合一"的境界。老子主张"致虚守静""道法自然"。老子的"天人合一"是以"自然"为标识，天下万物各

① 陈鼓应：《老子注译及评介》，中华书局1984年版，第 101 页。

② 冯友兰：《中国哲学史新编》（上卷），人民出版社1998年版，第342页。

顺其性、各适其存的无限关联而有无限自由的整体世界，它是一个具有根源性的关于一切存在和人类生存的原始生存境域，人只有在这种原始境域之"天"中，才能超越人欲物累，将一切人为的冲动和牵制人的意识、规范悬置起来，从而无牵挂地自觉融身宇宙的生命之流，以显现本真性的人性自由，消除文明发展所带来的各种文化异化现象，以及消弭所谓的主客对立，建立人与人、人与物的更高级的融合关系。老子的最高理想则是终生都能够生活在与外物相契无间的心境中，终生都能够变外在之物为为我之物，终生都能够以素朴的心灵去净化、提纯外在事物，终生都能够把自己沉浸到永恒的宇宙之源中。

在当今普遍奔忙于营造的时代，社会上笼罩着一切向钱看的迷雾。因此，当今强调追求人生价值是有意义的。过多地追求物质利益而无视人生的价值和意义，人们的心灵就会越来越空虚，越来越没有依托感。老子说："甚爱必大费，多藏必厚亡。""道法自然。"人们对富贵、寿善、身安、厚味、美服、音声等外在物质享受追求得越多，向外部世界攫取得越多，人们纯粹皓白的本性丧失得也越多。不应该从独立于人独立于心灵的外在世界去寻找人自身的价值和意义，而应该从心与物融合中去体会个体的超升和宇宙之源的崇高，去体会现实所蕴含的无限生命力。人们只有把心灵寄托在源于现实而又高于现实的东西之上，才会感到充实，即老子说的"为腹不为目"的充实。

现代人应该向何处去寻找心灵的寄托之所？老子"自然无为"的养心之道，对解决现代人心理失衡、心灵扭曲、思想异化、精神颓废、品格低下、道德败坏有着积极的现实意义。自然无为，它是顺应自然，等待发展，等待时机，有机会才做。无为，是不做那些愚蠢的、无救的、无益的、无意义的事情。它力戒焦虑，力戒浮躁；它是有所不为，不是无所不为；它是一种清静、豁达、无为而无不为的心灵境界和人生境界。无为的心态，是无拘无束、自由自在的，它消除了贪欲，排除了妄念，去除了对外物的执着，避免了外物的束缚和奴役。自然无为的养心之道，追求的是生命的本真、精神的自由、人格的提升，是生命的境界、人生的境界。人的生命本真在于人共同具有的自然属性，它是自然、自由、纯真而朴素的，自然如婴儿，天真如赤子。一个人真真实实地生活，自自在在地过，享受纯真质朴的生命，就是至高的存在。同时，生命的本真把自然万物都看作生命的存在，不具有高下、尊卑之分，人只是世间的一种平凡存在。自然无为的养心之道，追求的是心灵的自由自在，精神的自我超越。首先心要自由。心不为外物所束缚，不为自心所迷惑，不为环境所心动，才是真正的自由。自然无为的养心之道，追求的是一种"内圣"的理想人格。内圣是主体自我的内在修养，反省内求的过程，不是向外追求，也不必向外追求，它是反观内审，自我提升心灵或精神境界，达到无欲、无为、自然平和、纯真静明的状态。这种状态就是自然无为的理想人格境界。唯其如此，才能"内圣"，从而才能"外王"，即所谓"无为而无不为"。老子反观内审，对于现代社会的人们来说长时间的纯粹观审是不可能的，但是如果能够以无私的态度全身心地投入所从事的事业中，以一种对无限对绝对把握的胸怀去接触外物，有助于使自己逐渐成为一个高尚的人，一个纯粹的人，一个有道德的人，一个脱离了低级趣味的人。现代的人们应该把对价值的关怀带到现实生活中去，在现实生活中感受神圣、体验永恒。老子说："吾所以有大患者，为吾有身，及吾无身，吾有何患？"河上公曰："有身忧其勤劳，念其饥寒，触情纵欲，则遇祸患。使吾无身，体道自然，轻举升云，出入无间，与道通神，当有何患？"[①] 人之有大患，在于人把自身看得过于珍重，往往以利害关系对待一切。这样，只能对人的精神造成很大的威压。只有"体道自然""与道通神"，才能对穷、达、贫、富、生、死采取一种超越、超然的态度。现代的人们以这种态度去工作和生

① 张继禹主编：《中华道藏》（第九册），华夏出版社2004年版，第133页。

活时就会是自如的，而不是被迫的，仿佛这种是他天生就应当承担的事情，像是天职和使命。马斯洛在谈到自我实现时说："在自我实现的人那里，在这样一种情境中，工作与娱乐没有明显的区别了。他的工作就是娱乐，他的娱乐就是工作。如果一个人爱他的工作，从中得到愉悦，这世界上再没有任何其他活动可与之相比，他热切地追求它，每次休息后都急切地回到它那里去，那我们怎么能说'劳动'是违反某人的愿望强迫他去干的事呢……这种热爱使命的人想把自己与他们的工作同一化（相溶合，一体化），并使工作具有自我的特征，成为他自我的一部分。"① 马斯洛认为这就是把自我价值扩展到世界所包含的各个方面上，从而也就超越了自我和外界的界限。

当人们排除了荣辱得失等主观因素自失于所从事的工作中，这时的工作就不再是一种谋生的手段，不再是人生活的负担，而成为一种

① （美）马斯洛等著，林方主编：《人的潜能和价值》，华夏出版社1987年版，第214页。

富有情趣的工作。现代社会的人们不可能像老子所主张的那样终日生活在直觉的心境中，也不可能像隐士那样割断尘缘，隐居于深山老林，与野兽为伴，但老子所提倡的观审体道方法却可以融入我们的生活中。日本学者户川芳郎在《古代中国的思想》中说："老子有一种魅力，他给世俗世界压迫下疲惫的人们以一种神奇的力量。"如果我们每天拿出十分钟或二十分钟的时间，有意识地将自己从喧哗闹腾、熙熙攘攘的现代生活中抽身出来，使自己沉浸到素朴恬淡、无知无欲的心境中。"我们霎时间脱去尘劳，得到精神的解放，心灵如鱼得水地徜徉自乐，或是用另一个比喻来说，在干燥闷热的沙漠里走得很疲劳之后，在清泉里洗一个澡，绿树荫下歇一会儿凉。"[1]对人的身心健康肯定是有利的。"世间许多人在劳苦中打翻转，在罪孽里打翻转，俗不可耐，苦不可耐，原因只在洗澡

----

① 朱光潜：《朱光潜美学文集》（第二卷），上海文艺出版社1982年版，第243页。

歇凉的机会太少。"①

学术界的有识之士称老子的人生哲学为审美的人生和艺术的人生，这是因为他们注意到老子善于引导人们从现实世界中抽身出来构筑另一个超现实的意象世界，即艺术的世界或审美的世界。老子著作中那种源于现实而又高于现实的意象世界，那种神游心游的境界俯拾皆是。现代社会的人们不妨到老子所描述的境界中去洗一个澡，歇一会儿凉，以脱去尘劳。

现代人应该全面把握自我，既去体会玩味种种情绪，也要体会玩味恬淡无欲的心境，在有情与无情之间往返辗转。自我本身是没有任何规定性的，它是由个人去体验和感受的，因而自我的内容是无限的。现代人的精神既需要对生活的充分介入去感受情绪的起伏、本能的冲动，也需要从现实中抽身出来去感受与宇宙融为一体的和谐。既需要从内心的痛苦和冲突中去体验生命的价值，也需要从内心的和谐宁

---

① 朱光潜:《朱光潜美学文集》（第二卷），上海文艺出版社1982年版，第243页。

静中去体味人生的真谛，过上"简单生活"。

在现实生活中，我们被太多的物欲驱使着——豪华的房子、尽可能多的金钱、出人头地的子女等等。随波逐流使我们精疲力竭，太多的追求使我们失去心灵的自由。"简单生活"正风行欧美，同时被北京、上海等大城市高级白领有选择地接受，其最主要特征就是悠闲，做自己想做的事，比如不看电视，不上网，不过夜生活，对频繁交际说不，跑到没人的山野，除了享受自然风光，什么也不做。这显然是一种复杂之后的简约，华贵之后的雅淡。"简单生活"的倡导者、被誉为"21世纪新生活的导师"的珍妮特·吕尔斯认为，简单生活"是人们深思熟虑后选择的生活，是一种表现真实自我的生活，是一种丰富、健康、平凡、悠闲的生活，是一种让自然沐浴身心，在动与静之间寻求平衡的生活，是一种无私、无畏、超凡脱俗的崇高生活"。这也是老子所追求的现实生活。

（二）弘扬无为无不为的人生修养观

通观《道德经》全书，老子思想中蕴涵着明

显的积极的因素，特别是其人生观中有极其乐观和积极的内核，这就是无为无不为的人生修养观。

老子思想是以"道"为核心进行建构的，因而"道"就成为我们理解和把握老子思想的基础和关键，也是我们理解和把握老子"无不为"人生修养目标的基础和关键。但"道"是什么？综合各家对"道"的特点的概括，不外两个方面：一是"无为"，一是"无不为"。何为"无为"？老子认为，作为世界的本体，"道"是尚未分化的原始物质。从"道"分化出万物并不是"道"的有目的、有意识的作为，而是无目的、无意识的，就其无目的、无意识来说，"道"是"无为"的。那么什么是"道"的"无不为"呢？老子认为，"无为"与"无不为"是"道"的两个最基本的特征，二者有机地统一于"道"本体中，不可或缺。老子非常崇尚"无为"，认为"清静为天下正"即"无为"是事物的根本，但老子之"无为"又并非无所事事，而是不妄作，顺乎自然。只要细究一下，我们不难发现，老子之"无为"一般是就具体的现实生活实践说的，具体体现为无欲、虚静、贵柔尚谦、绝圣弃智等，如"不尚贤，使民不争；不贵难得之货，使民不为盗；不见可欲，使民心不乱""祸莫大于不知足，咎莫大于欲得"等等。老子通过对自然、社会和人类自身大量的深入细致的观察，认识到物质的欲望、名利的追求都是干扰人的思维、淹没人的智慧、促成人性泯灭、加速事物走向消亡的直接原因，也是人们认识和把握世界本体——"道"的障碍。人如果排除这些障碍，真正体味大道并唯道是从，就会达到一种新的人生境界，而这种境界正是老子人生修养的终极目的，这就是"无不为"的境界。可见，老子的貌似消极的"无为"作为具体的生活原则，仅仅是老子完成人生修养的一些条件和手段，是实现其人生理想的基本途径，而"无不为"才是老子人生的真正目的，是乐观的积极的人生发展观。"无不为"的内涵丰富，包括：第一，大公无私。老子"无不为"的人生理想中蕴含着彻底的大公思想。他说："贵以身为天下，若可寄天下；爱以身为天下，若可托天下。"还说："受国之垢，是谓社稷主；受国不祥，是为天下王。"就是说，只有把天下看得比自身还重，才能担负起天下的重任；只有承担起天下的责任甚至灾难，才能成为天下的主人。这是一种"天下为公"的大公思想，这种大公思想是在老子"无为"外表下的一种积极的蓬勃向上的精神，是老子人生观中最重要的也是最积极的因素。第二，慈善为本。老子人生观中的"慈"的思想，是老子在深刻探讨宇宙、自然和人本身固有规律的基础上提出来的。他说："天将救之，以慈卫之。"即表明"慈"是人身生存发展和永保平安的必要条件。因此老子说："我有三宝，持而保之：一曰慈，二曰俭，三曰不敢为天下先。"把"慈"放在"三宝"之首位。老子的慈善施与万事万物，可谓"大慈"，他说："圣人常善救人，故无弃人；常善救物，故无弃物。"既无"弃人"，又无"弃物"，因而老子的"慈"是无条件的、普遍的，是老子积极乐观的人生观的突出特征。第三，崇尚奉献。"执大象，天下往，往而不害，安平泰。"这是老子对"道"的"无不为"存在方式的描述。老子的理想人格效法"道"的品德，力争像"道"一样化生万物，如老子所说："侯王若能守之，万物将自化。"这种作用施与万物，像天无私覆，像地无私载，像日月无私照，是谓普济天下的奉献思想，是老子乐观的积极的人生观的重要标志。

老子人生观中"无不为"的积极的内核，无疑是中华民族几千年来赖以汲取力量的精神源泉，对后世产生了巨大的影响，至今仍受到人们的特别关注。在当代，老子人生观中诸如大公无私、崇尚奉献等积极的内涵仍然是我们时代精神的主旋律，大力弘扬这种精神，对于推动我国现代化事业的顺利发展，对于加强我国思想文化建设和精神文明建设，对于实现中华民族的伟大复兴，都具有巨大的意义。

二十多年来，随着我国改革开放和社会主义市场经济的不断发展，我们所处的政治环境、经济环境和思想文化环境变得日益宽松，个人的物质利益和物质欲望得到充分的尊重。这种宽松的环境和对个人物质利益、物质欲望的尊重，一方面为我国经济和社会的发展提供了必要的条件和巨大动力，极大地促进了我国经济和社会的发展；另一方面，在很大程度上刺激了人们私欲的膨胀。概言之，在人与人的关系上表现为争名夺利、贪污腐化、尔虞我诈等，使人际关系不断趋于恶化，使社会矛盾不断趋于激化，严重地影响着社会的稳定和良好社会风气的形成；在人与自然的关系上则表现为人对自然资源的无限度的不负责任的开采、掠夺和肆意践踏，致使生态环境遭到巨大的破坏，不仅影响着经济和社会的可持续发展，而且危及人类的生存。正如英国史学泰斗汤因比指出："滥用人类的力量来满足人性的贪欲，是不道德的，也是自我绝灭的行为。"他用老子的口气说："与大自然和谐相处，是生物求生存的必要条件。物欲的无限扩展，会引导人类走向灭亡之路，心灵世界无止境的追求，却可以获致永恒的福祉。"①因此，正确认识老子"无不为"这一理想人格的修养目标，不仅有利于我们正确认识老子思想本身，而且有利于我们正确认识我们所处的自然环境、社会环境以及我们所面临的困境，从而帮助我们不断解决问题，克服困难，保证社会和谐发展。

（三）少私寡欲，筑牢廉政基石

老子智慧中"少私寡欲"的思想至今仍有启迪作用。从"廉"的角度，少私寡欲，使人在为官实践中能从心性和品性两方面恬淡节情，自我超越对感官之欲和功利之欲的过分追求，做到洁身自爱。这有助于廉政。对于倡导少私寡欲、筑牢廉政基石，结合老子人生观的启迪，我们应认识到"少私寡欲"和"成而不居"的重要性。

1. 廉政基石："少私寡欲"

在老子看来，人的欲壑难填，总是无止境地追逐名利财货，不但无益于贵生，反而弄得行伤德坏，身败名裂。老子指出："五色令人目

---

① 韦政通：《中国的智慧》，吉林文史出版社1988年版，第219页。

盲……难得之货令人行妨。是以圣人为腹不为目，故去彼取此。"可见，两千多年前的老子以其深邃的洞察力看到了过多的欲望一方面造成人的心性紊乱，损害人的健康，另一方面又使人失去淳朴品性，激发人任意妄为，恶念丛生。对为官治国者而言由于欲望驱使"服文彩，带利剑，厌饮食，财货有余"导致"朝甚除，田甚芜，仓甚虚"。弄得政治混乱，国力空虚，社会动荡不安。要使国家长治久安，为官者必须检省自己对欲望的奢求，"少私寡欲"而公正廉洁，"民不患其贫而患其不公，民不畏其严而畏其廉"。而老子深邃凝重的智慧中为为官者调治过分的感官之欲和功利之欲亦开出了灵验之方，即"身重于物"的人本思想，"知足知止"的人生信条，"崇俭抑奢"的道德修养。

（1）"身重于物"的人本思想。老子把人作为目的，倡导治国者关爱民众，尊重他们的生存和发展权利，以人为本，把人作为根本关怀。"圣人无常心，以百姓心为心。"老子不仅关怀民众，也关怀治国者。老子提醒为官者："名与身孰亲？身与货孰多？得与亡孰病？"答案是不言而喻的。在老子看来，治国者的人生目的不在于物质财富的占有，也不在于权力、荣誉和成就的占有以及欲望的满足。他提出："我无为，而民自化；我好静，而民自正；我无事，而民自富；我无欲，而民自朴。""祸莫大于不知足，咎莫大于欲得。故知足之足，常足矣。""故贵以身为天下，若可寄天下；爱以身为天下，若可托天下。"所以能够以贵己身的态度去对待天下的人，可以把天下交付给他；能够以爱己身的态度对待天下的人，才可以把天下委托给他。这样，珍视民众自珍的生命和珍视圣人自己的生命，在老子的思想里达到了有机的统一。在老子看来，圣人的根本目的是使自己的生命得到延续。他在名利的迷宫中发现了人的生命价值，为世人、更为为官者廉政提出了"身重于物"的人生价值取向，主张"能尊生者，虽贵富不以养伤身，虽贫贱不以利累形"。告诫世人应保持身心两全，不要追逐物欲而损害自己生命的价值，否则就舍本逐末了。

把人们从"名缰利索"中解脱出来，自觉做到"不汲汲于富贵，不戚戚于贫贱"（《汉书·扬雄传》）。老子在春秋战国的动乱时代，在血与火的残酷现实严重践踏个人的生命价值的历史条件下，发现了人类自身生命的价值，唤起人类主体身心两全意识的觉醒，实在是惊世骇俗之论，也从人生观的高度，为为官者确定了重身轻物的价值坐标，第一次为廉政基石浇筑了坚固的混凝土。

（2）"知足知止"的人生信条。老子一再劝诫人们："祸莫大于不知足，咎莫大于欲得。"只有"知足"才能"不辱"，只有"知止"才能"不殆"。"知足不辱，知止不殆"历来被人们奉为生活的金科玉律。老子从心理、行为两方面规劝人们爱惜身体、重视生命，不要过分追求身外的金钱、财富、名利、地位，这样才可以获得长生而久安。在老子看来，社会上的一切纷争，都起源于人的"不知足"，如果人"不知足"，就会自招祸患。对于为官者而言，有些官员在领导岗位上抵不过官场和社会上的不良风气的腐蚀，私欲和贪婪渐渐滋生和膨胀，最后由于"不知足"走向堕落腐败的深渊。历史上的贪官污吏被绳之以法的不必说了，当今社会一个又一个被媒体曝光，被刑罚论处的也着实不少。从近期揭露出的一些典型案例中我们不难看出，是其不知足、不知止的贪欲培植了罪恶之源。可见，坚守老子"知足、知止"的人生信条是少欲、寡欲的控制阀，对为官者节制欲望、自慎、自省、自警的廉政风范有十分重要的现实意义。

（3）"崇俭抑奢"的道德修养。老子将俭啬视为立身处事所必须持守的"三宝"之一，是治国修身的根本法则："治人、事天莫若啬，夫唯啬，是谓早服。早服谓之重积德，重积德则无不克……是谓根深固柢、长生久视之道。"老子依据"内圣外王"的模式认为"治人、事天"全在一个"啬"字。"啬"就是俭。俭啬，才能修养天机，蓄积精神，达到纯真质朴的境界。由俭啬而积"德"则具有无法估量的力量，对担负治理国家的重任以至国运长久，具有根深蒂固的作用。在先秦诸子中，老子的俭啬观有着特别的意义。众所周知，孔子的俭奢观是以"礼"为标准的，只要合乎礼制，即使极尽铺陈也无可非议。因此，"俭朴"这一道德要求在很大程度上是对民而不对官的。而老子所倡导的节俭，首先是针对封建统治者而提出的道德要求。老子把那些不关心生产，一味热衷于追求奢侈生活、聚敛财富、满足私欲的人痛斥为"盗夸"（即强盗头子），同时为实现崇俭抑奢的目标，向最高统治者提出了从"我"做起这一上行下效的价值导向："我好静，而民自正……我无欲，而民自朴。"很显然，这里的"我"指的是统治者，即强调统治者必须以身作则，崇俭抑奢，为天下臣民树立良好的道德标范，百姓则自然崇尚纯朴、俭约不奢。

不管是过去或现在，老子的"崇俭"思想对为官者都是极其重要的。唐代的李商隐在总结历代成败教训时，发出"历览前贤国与家，成由勤俭破由奢"的感叹。宋代司马光针对当时奢侈的流俗也写下"侈，恶之大也"的箴言。民主革命时期，正是清贫、节俭使共产党人战胜一切艰难困苦，夺取了全国胜利。当全国革命胜利即将来临之时，毛泽东同志曾英明地预见到，贪图享乐的情绪对于执政党的严重危害，一再告诫全党同志务必"继续地保持艰苦奋斗的作风"。当今社会经济领域中贪污受贿、敲诈勒索，以及社会日常生活中铺张奢侈、大操大办等现象归根溯源皆因节俭的丧失而致。可见，崇俭是过分欲望的调节器、减压闸。如果为官者能保持艰苦朴素的作风，两袖清风理政事，必将在人民心中树立起一座永恒的丰碑。

"身重于物"的价值取向是"知足、知止"的人生信条的前提，而"知足知止"又是"崇俭抑奢"的心理机制，三者之间是相互联系、相互影响、相互作用的，它们之间的辩证关系为廉政基石——"少私寡欲"提供了内在合理的运行机制，也是为官者清正廉洁、奉公守节的主体自律动因。

2. 为官境界："成而不居"

做官与做人息息相关，做人是基础、是前

提，只有做好了起码意义上的"人"，方有资格为官。无论做官、做事，归根结底是如何做人的问题。好人不一定当得了好官，但好官必定是好人。作为领导者，最高境界当属功成名就时"为而不恃，功成而弗居"。1949年3月，毛泽东同志针对党内滋长的以功臣自居的情况指出："因为胜利，党内的骄傲情绪，以功臣自居的情绪……可能生长。"一再告诫："务必使同志们继续地保持谦虚、谨慎、不骄、不躁的作风。"对于"恃而不骄，功成不居"的境界，老子的道学精华中衍化出极其丰富的内涵：

（1）"上德若谷"的品德。"上德若谷"即崇高的品德，好似卑下的山谷。老子说："旷兮，其若谷。"老子认为，为人处世胸襟宽广、豁达大度、宽宏大量，能容人，能原谅人，能包涵人，就好像幽深的山谷一样，能包容人世间的一切，也就是今人所说的"虚怀若谷"。在此基础之上，老子总结出："善者，吾善之；不善者，吾亦善之，德善。信者，吾信之；不信者，吾亦信之，德信。"在人世间"善者，吾善之"容易做到，"不善者，吾亦善之"则不容易做到。老子以宽阔的胸襟提出，善良的人，要善待他们；不善良的人，也要善待他们，这样就能得到人们的好感。诚实的人，要信任他们；不诚实的人，也要信任他们，这样就能得到人们的信任。因而，就可以化不善为善，使虚伪者成为诚实的人。我们对待犯错误的同志，应本着"惩前毖后，治病救人"的方针，热心感化帮助，真心挽救，化消极因素为积极因素，尽最大可能增加和谐因素，这也是构建和谐社会的应有之义。

在当今纷乱复杂的社会中，在市场经济激烈竞争的环境下，尔虞我诈、互相欺骗的处世哲学比比皆是。人与人之间你争我夺，争名誉、争地位、争私利，是常见的现象。今天的人们应学习老子"上德若谷"的大度与胸襟，宽厚待人，该争的争，不该争的不要去争。而且即便是争，也要争得光明，争得磊落，争得无私，争在利国利民上，争在为党为公上，而不是争在个人的私欲上。我们处在激烈的社会竞争中，人的一生可谓坎坷复杂，所以应正确看待人世间的名与利，做到得之不兴，失之不悔，保持"荣辱不惊"的态度，以饱满的热情投身于工作之中，能够在有限的生命中为社会、为人类做出贡献，这样的人生活得才有价值。

（2）"宠辱不惊"的美德。在老子看来，世俗之人由于得失名利之心太重，缺乏"无私""无我"之意境，一旦受到宠爱和屈辱，"宠为下，得之若惊，失之若惊"。老子认为如果人们能够虚怀若谷，做到"无私""忘我"，置荣辱、祸福、生死于度外，那怎么会因受宠而惊喜，因受辱而惊恐呢？老子这种"宠辱不惊"的思想应用到为官之道则是"得官不欣，失位不恨"（王充《论衡·自纪》）。要淡化"官念"，保持平常人的生活心态。虽然说"不想当元帅的士兵不是好士兵"，但总惦记着当元帅的士兵恐怕也不是好士兵。常言道：做官是一时的，做人才是毕生的。面对职位的变化，每一位领导者都要有一种"宠辱不惊，看庭前花开花落；去留无意，望天上云卷云舒"的豁达胸怀。在现实生活中有极个别人，"官"做大了做久了，逐渐丢掉了平民百姓的生活心态，把有权无权、权大权小看作自己荣辱得失的标准，这往往成了溃堤前的"管涌"，潜在非常大的危险。古时内乡县衙三堂前有这样一副楹联："得一官不荣，失一官不辱，勿说一官无用，地方全靠一官；吃百姓之饭，穿百姓之衣，莫道百姓可欺，自己也是百姓。"它不仅精妙地阐述了官与民的关系，同时与老子提倡的"宠辱不惊"的淡泊观念正好吻合，告诫领导者随着权力的增大和环境的变化应把握心态平衡，"圣人无常心，以百姓心为心"，做平常人。

（3）"功遂身退"的气魄。基于"反者，道之动"这一对于事物发展变化的普遍规律的正确认识，老子曰："功遂身退，天之道。"老子看到人生深层中的人性内核。人莫不爱财慕富，贪恋权势，但是放眼历史，名利谁能守得住？他劝诫人们只有效法"功遂身退"的"天之道"，才能保身保家；只有知雄守雌，知白守黑，知荣守辱，才能保持常德，立于不败之地。为官者更应功成而不居，急流勇退，以"定册功成身退勇，辞荣宠，归来白首笙歌拥"的大气魄达到为官的最高境界。"功遂身退"的实践形式，一是有了大功而不居功自傲，不自我膨胀，二是让贤。为官者急流勇退而让贤，不仅能发现人才，任用贤者，还能协调统治集团内部关系，形成和谐、团结的局面，实现新老合作交替，使事业后继有人以求得各方面事业的共同发展。"功遂身退"是当今培养年轻有为的接班人，实现干部队伍专业化、年轻化、现代化的一条重要保证。为了实现现代化，为了我们的事业后继有人，我们一大批为革命、为人民做出过突出贡献的老同志纷纷退居二线，将自己的职位让出，使我们的干部队伍补充了大量新鲜血液，有力地推动了我们的改革开放和社会主义现代化事业的前进，谱写了一曲新的辞让贤能的颂歌！

"成而不居"的为官境界也有其内在的逻辑机制。为官者只有具备上德若谷的胸襟，才能以平常人的心态对待荣辱得失，淡泊名利，淡化"官念"，自然富有让贤、让能、功成身退的胆识和气魄；而具有这种胆识和气魄的人又不断丰富"上德若谷""宠辱不惊"的内涵，使为官之人致虚守静，达到无己无恃，不为物累，功成身退的为官最高境界。

必须指出，老子智慧毕竟是从中国古代自然经济土壤中生长出来的果实，有其不可克服的历史局限性和不成熟性。但通过以上的发掘和诠释，我们可以看到，老子思想对为官之道确实具有启迪意义和调节功能，其"少私寡欲""成而不居"的思想对当今筑牢廉政基石、反腐倡廉具有积极深远的意义。

参考文献

[1] 南怀瑾：《南怀瑾著作珍藏本》（第二卷），复旦大学出版社 2000 年版。

[2] 左孝彰：《老子归真》，天津社会科学院出版社 2005 年版。

[3] 苏虹编著：《无为而治——老子谋略纵横》，蓝天出版社 1997 年版。

[4] 李漫博、孙新强：《道法自然——帝王心态》，中国文学出版社 1993 年版。

[5] 葛荣晋主编：《道家文化与现代文明》，中国人民大学出版社 1991 年版。

[6] 冯友兰：《中国哲学简史》，天津社会科学院出版社 2005 年版。

[7] 那薇：《道家的直觉与现代精神》，中国社会科学出版社 1994 年版。

[8] 衣俊卿等：《20 世纪的文化批判——西方马克思主义的深层解读》，中央编译出版社 2003 年版。

[9] 田云刚、张元洁：《老子人本思想研究》，中国社会科学出版社 2005 年版。

[10] 杜导明：《道家与解脱》，作家出版社 1997 年版。

[11] 罗安宪：《虚静与逍遥——道家心性论研究》，人民出版社 2005 年版。

[12] 老子著，徐澍、刘浩注译：《道德经》，安徽人民出版社 1990 年版。

[13] 邬昆如：《人生哲学》，中国人民大学

出版社 2005 年版。

[14]韦政通:《中国的智慧》,吉林文史出版社 1988 年版。

[15]严遵著,王德有译注:《老子指归译注》,商务印书馆 2004 年版。

[16](美)休斯顿·史密斯著,刘安云译:《人的宗教》,海南出版社 2006 年版。

[17]冯友兰:《一种人生观——冯友兰的人生哲学》,中国人民大学出版社 2005 年版。

后　记

心

高峰，低谷
潮起，潮落
律动，寂静
心自然舒张

有常，无常
有为，无为
有心，无心
公道在人心

无私，成私
多藏，厚亡

失道，得道

公心是正道

慈俭以为宝，身藏

不善善待之，气象

不争无所忧，神安

以百姓之心为心

道法自然

心的力量

如鲲鹏万里翱翔

　　20 世纪末，出差公务之余，夜逛漳州延安北路路边书摊，阅览了《曾国藩传》，得知曾国藩研读了《道德经》等经典后，换了人生。甚感惊奇，购得《道德经》一探究竟，越读越有滋味，引人入胜。2007 年，撰写了论文《老子的人生哲学及其当今价值》，呈送给我敬重的陈书记指正，陈书记亲笔书写两页纸的褒奖，给我以极大的鞭策。从此，我高山仰止，见贤思齐，朝思暮想，追随着践行者，进书店寻老子，做事务悟老子，得清闲陪老子，走四方见老子。爬坡过坎，蜿蜒曲折，捧着老子前行，遵循老子指引，越向前，心越明。即便禀赋不高，而心如鹏飞，善待草草木木，正视沟沟壑壑，感恩事事人人，就聚了能量，得了气象，所行皆自然。

感恩领导和友人的鼓励，感谢家人的支持，去年，我静心将身边与老子有关的所听、所见、所思、所悟书写出来，无力学理诠释，着力见人、见事、见生活讲故事，以梳理自己的思绪，反观自身的心性。回望来时路，提醒自己，不因年纪大而呆滞，今后还得常学常新，日日新，保持耳聪、眼亮、人真、心善、路明，那是人生大福，也是最大愿望。

本书得以出版，深深感恩伟大时代的福润，深深感谢各方贤达的加持。衷心感谢我敬重的好友许可先生为本书作序，感谢中国美术家协会副主席、福建省文联专职副主席、福建省美术家协会主席王来文先生题写书名，感谢福建省美术家协会副主席、福建省画院名誉院长张永海先生提供封面画作，感谢中国书法家协会会员、中国散文学会会员、福建省书法家协会理事柯少岩先生创作插图，感谢海峡文艺出版社领导和编辑，感谢一起工作、喝茶、交流、行走的善士激发的灵感，感谢亲爱的读者，感谢所有遇见。特别感谢年轻的战友小林、小汪、小吴、小蓝、小李、小俞等同志提出宝贵意见，感谢江洋先生为《在》和《心》作曲，让读者朋友在阅读、闻香、品茗之余，听听美妙的音乐，以愉悦身心，置身审美境界。

老子博大精深，本人才疏学浅，自己所想所思仅是浩瀚文库中的几个字符，也会有不当笔画，祈盼各方家包涵、批评、指正。

贞尧仔

2024 年 12 月 7 日